……ばーの
ゴキゲンな
ひとり暮らし

孤独を吹き飛ばして
幸せに生きるヒケツ

大田吉子

KADOKAWA

はじめに

◎「私でよければなんでもやるよ」で幸せに生きてきました

はじみてぃ・やーさいー（沖縄言葉で、初めてお目にかかります）。**大田吉子、90歳。TikTokerです。**

2019年のお盆のこと。隣の家に住んでいてよく遊びに来ていた孫の浩之が「TikTokっちゅうものを一緒にやらんかね」と誘ってきまして。「南の島のおばーと孫」（おばーは、沖縄では「おばあちゃん」という意味）というアカウントに登場しております。

今日は息子と孫夫婦、そしてひ孫の5人でうちの近くのビーチにやって来ました。お天気もよく、波も穏やか。今日の海も、ことさらきれいです。

「ちゅらさる海やんやー」

沖縄言葉で「きれいな海ですね」という意味です。

生まれてからこのかた90年、ずうっと沖縄に暮らしていますが、海を見るたび、きれいだなって思うんです。

あんまり天気がよいので、私ちょっと浮かれています。ハイビスカスの花を摘んで、髪飾りにしてみました。

「おばー、かわいいよ」

なんて孫たちが言うものだから、いい気になっております。

そんなふうに、私が好き勝手おしゃべりしたり、海や山で遊んだりしている様子を孫がスマホで撮影しておりましてね。その動画や写真は、インターネット上で誰でも見ることができるのだそうです。

「おばーの遊んでいるところなんて誰が見たいのだろう?」「私、女優さんでもないのに、なんでカメラに撮られているの?」と思いましたけれど、孫が「やろうよ、おばー」と言うもんですから「私でよければ」とやっておりました。そうしたらなんと、**現在50万人もの人たちが私たちの動画や写真を見てくれているというのです。**

沖縄から遠く離れた本土の人にまで「おばー、かわいい」なんて評判になっていると聞いて、それはそれは驚いております。

最近は、インターネットを見た人に、近所の道の駅で声をかけられることも多くなりました。「一緒に写真撮ってもらっていいですか」なんて言われることもあるんですよ！

喜んでくれる人がいると思うとなんだかうれしくなって、俄然はりきってしまうおばーです。

「私でよければなんでもやるよ」

これが私の口癖、座右の銘《めい》でございます。

1934年（昭和9年）3月生まれ。おぎゃーと生まれたときから今日までずっと、沖縄県国頭村《くにがみそん》の奥間《おくま》というところで暮らしてきました。**沖縄本島の最北端、山原《やんばる》の森の中、静かないい村でございます**。

子どもは、男の子ばかり5人。今はそれぞれ所帯を持ち、孫が10人、ひ孫が14人もできました。

夫は2023年の4月に老衰で亡くなりまして、現在私は奥間でひとり暮らしをしています。

◎国頭村の有名おばーになるまで

私の人生、とにかく忙しかったです。

貧しい家に生まれ、食べ物といえばふかした芋ばかりだった子ども時代。10歳の頃には戦争でずいぶんと悲しい光景を目《ま》の当たりにしました。

　戦後は家計の足しになればと、高校に行きながら幼稚園の保育士さんとして働き、卒業したあとも家族を助けるためにいろいろな仕事をいたしましてね。バスガイド、アメリカ軍ラジオ局の電話交換手、結婚してからは夫と一緒に村で初のアイスキャンディー店を開店。さらに精肉店や鮮魚店も夫と一緒にやりました。

　子どもが生まれてからは「絶対に5人の息子全員を大学まで出して立派に育て上げる！」と心に決め、そのためにはなんでもやったものです。

アイスキャンディー店を営んでいた数年間は、ほとんど寝ずに働いていたと思います。

　いろいろな仕事をしていく中で、いつも私が意識していたことがあります。

それは、人から「やってみないか」と言われたことは絶対に断らず、なんでも引き受けてみる、というものです。

「アメリカ兵さんの子どものベビーシッターをしないか」「修学旅行生を受け入れる民泊をしてみないか」「ホテルのレストランで働いてみないか」「畑の作物を道の駅に卸さないか」……こんな相談もしょっちゅうでした。

それに加えて、村の婦人会や老人会の運営、防火クラブの設立、小学校で沖縄の文化や方言を教えるボランティア、村人の悩み相談、民生委員といった村の行事関連のことも**「やってみないか」と言われれば、なんでも引き受けてきました。**

テレビや映画で「沖縄のおばー役として出演してくれないか」という頼まれ

ごとがあり、出させてもらったことも何度かあります。それ以来、奥間にテレビや新聞の取材が来るときは、いつも私が駆り出されております。

あれやこれやと、沖縄ローカルのテレビコマーシャルにも出てしまいました。サイバー犯罪から人々を守る「さいばぁおばぁ」という役どころです。うれしいような恥ずかしいような……でございます。

「私でよければ、なんでもやるよ」という姿勢でいると、自然と仕事が舞い込んでくるのです。そうしてがむしゃらに働き続けていたら、息子5人分の学費もなんとか工面することができたというわけです。

そしてそのすべてが、やってみると不思議ととても楽しいのです。きっと人に「やってみないか」と言われることは、少なからず自分に向いていることなのでしょう。

誰かが自分のことを見ていてくれて「あなたならできそうだ」と思っていてくれたということ。だから「やってみないか」と声をかけられたら、なんでもありがたくやってみます。

そうして、知らず知らずのうちに自分の世界が広がっていくのかもしれません。

◎助け合って生きる国頭村の暮らし

私が暮らす奥間は人口が少なく、便利なお店もあまりありません。ですから昔から助け合いがとっても大事でした。

村人同士、毎日声をかけ合い、ご馳走《ちそう》は分け合う。

金銭に困っている人がいたらみんなでお金を出し合って助け、子どもや老人は村総出で面倒を見るのが当たり前。

こんなふうですから、村中が家族みたいなものなんです。

1年前に夫が亡くなったとき、なにもする気が起きなくなってしまった私にも村中の人が声をかけてくれ、市場やら老人会やらに連れ出してくれました。

あのまま落ち込み続け、家から一歩も出ずに過ごしていたら、とっくに心も体もダメになって、今頃は寝たきりになっていたかもしれません。

村の人たちのおかげで、私は今こうして笑顔で元気に過ごすことができているのです。

だから、私もまだまだ人のためにお役に立ちたい。誰かのために、なにかをしたいと思っています。

歳をとりまして、体が思うように動かないことは確かにあります。けれど、それを嘆いていても仕方ありません。

毎日たくさん歩いてラジオ体操をして、村の人とたくさんおしゃべりをする。それができているうちは「なんでもやろう」という気持ちでおります。

◎幸せは心の持ちようひとつ

孫の浩之とやっているＴｉｋＴｏｋのアカウント「南の島のおばーと孫」を見て「元気になった」と言ってくれる人がたくさんいるそうで、本当にうれしい限りです。

最初は、なんで孫がずっと私をカメラで撮っているか、よくわかりませんでした。なんとなくカメラの前でふざけておりましたら、たくさんの人が見てくれるようになり、そこから新聞の取材なんかも来て、大変なことになってしまった。そんな気分です。

90歳のおばーでもまだまだ人を元気に、幸せにできる。**そう思うと、私自身も力が湧いてきます**。

後期高齢者になっても、こんなふうに新しいことに出会うことができるなんて、とても幸せなことだと感謝している次第です。

「私でよければなんでもやるよ」は、いつでも私を新しい世界に連れて行ってくれる魔法の言葉です。

そして今度は、「本をつくらないか」という頼まれごとを引き受けておりま す。私の日常や昔のことを本にするっちゅうことで、そんなもんが面白いのかどうなのか、なんやら不思議な気分です。

けれど、私は戦争や貧しい生活の中でもずいぶん幸せに生きてきましたから、私の独り言を読んでいただき**「幸せっちゅうのは、心の持ちようひとつなんだな」**と思ってもらえたら、うれしいです。

きっと天国でおじーも笑っていてくれることでしょう。

私が毎日健康で元気に生きるためにしていること、家族のこと、人間関係のことなどをお話ししながら、若い人の仕事や恋愛の悩み相談もこの本の中でしております。

沖縄のおばーの戯言《ざれごと》ですが、いっときでもみなさんの心を楽にできたらと、私でよければ務めさせていただきます。

どうぞ最後までお付き合いください。

幸せっちゅうのは、
心の持ちようひとつなんだな

目次

第一章

大きな声を出していると自然と健康になるよ

第二章

「私でよければ」で仕事はなんでも引き受けた

第三章

夫婦仲良しの秘訣は「感謝」と「反省」

第四章

お節介おばーが教える人間関係円満のコツ

STAFF
デザイン　etokumi
編集協力　安井桃子、城川佳子
写真　UNE、琉球新報社（P112）
DTP　エヴリ・シンク
校正　株式会社ぷれす

序章

沖縄生まれ・沖縄育ち、名物おばーの人生

周りが仰天するほど ビービー泣いていた子ども時代

改めまして、こんにちは。大田吉子といいます。

ＮＨＫ朝の連続テレビ小説『ちむどんどん』の舞台にもなったと言われる沖縄本島北部の山原の森、国頭村奥間で生まれ育ちました。

昭和9年3月、私は三姉妹の末っ子、三女として生まれました。うちはとにかく貧しい家庭でしたので、草履《ぞうり》も買えず学校には裸足《はだし》で行き、食事は三食とも、ふかした芋が主食でした。

けれど、だからといってクヨクヨなどしておりませんでした。村人たちが「お前たち、腹減っとらんかね」と食べ物を持って来てくれるなど、多くの家庭にお世話になって育ったからです。

私は大変泣き虫な子どもでございました。ちょっと驚いただけですぐワーワー泣き、同級生にそれをからかわれ、さらにビービー泣く。

しかも私は生まれながらにして声が大きく、泣けばさらに普段の10倍の大声になります。そのうえ、泣いたらすぐ鼻血を出す始末。

からかった同級生も先生も、どうやって静かにさせようかとずいぶん難儀したそうです。

一度泣いたら手間のかかる私を、小学校の担任の宮城カナ先生がよくなだめてくれました。あまりに泣き止まない日は、カナ先生は私の手をとって近所の教会へと連れて行きます。その教会は戦後すぐに、基地で働くアメリカさんたちが通うために建てられたものです。

そこではいつもきれいな音楽が鳴っていましてね。その音楽を聴いていると、心がすぅーっと軽くなったことを、よく覚えています。

「あいつに触ると、すごくうるさく泣くぞ。しかもすぐ鼻血出すぞ」

やがて、そんな話が村中の子どもたちの間で噂《うわさ》になって、おかげでからかわれることはなくなり、泣き虫も少しずつ直っていきました。

10歳のとき沖縄戦が始まり、3ヶ月間山中に潜んで暮らす

沖縄は第二次世界大戦中、アメリカ軍が上陸し地上戦がおこなわれた日本で数少ない場所です。
やんばるの戦（沖縄戦）は、アメリカ軍が昭和20年3月26日、那覇市の西にある慶良間《けらま》諸島に上陸して始まりました。**私は当時10歳でした**。
空には飛行機がグワングワンと飛び、海にはアメリカ軍の船がびっしり停《と》ま

っていたあの上陸の日の恐ろしさは、今でもまざまざと思い出されます。

「いよいよアメリカ軍が来たぞ。山の中に隠れなさい」

空をうめ尽くす飛行機の轟音《ごうおん》の中で、かすかにそういう大人の叫び声がして、私と姉は母に連れられ、山の中の壕《ごう》に避難しました。

昭和20年4月から、沖縄が完全降伏する6月23日までの約3ヶ月間、私たち一家と村の人たちは、その山の中で暮らすことになりました。

アメリカ軍の上陸が近いことは、少し前からわかっていました。ですから村の人たちはあらかじめ山中に避難所をつくり、穴を掘って保存が効く食料をたくさん蓄えていました。

さらに山の中に目立たないよう畑をつくり、村が戦場になっても山でなんとか食いつなげるよう、備えていたのです。

山中の壕に避難していた約3ヶ月間、私たちはアメリカ兵に見つからないよう、息を潜めて生活していました。

夜になると大人たちがこっそり畑へ出て食べ物をとって、命からがら避難所へ戻る日々。**山の中で感じた不安と恐怖は、90歳になった今でも忘れることはできません。**

戦火を逃れた読谷村の人たちを迎え入れた母

終戦を迎え、私と母と姉は避難していた山を下りました。**久しぶりに里に出て見たものは、爆撃で灰になった我が家。**なんとか焼け残った隣の老夫婦の家で、私たちは戦後の混乱期を過ごすことになりました。

私たちが山中に避難していた間に、国頭村には、沖縄中部の読谷村《よみたんそん》から逃げて来た人たちが居着いていました。読谷と奥間は70ｋｍ近く離れています。戦

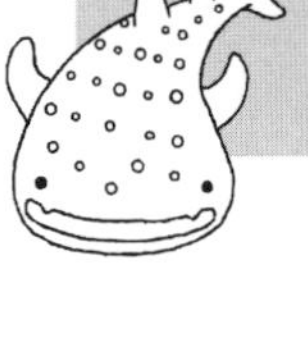

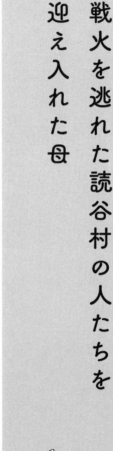

火をくぐり抜けながら70ｋｍもの距離を歩いて来るのは、どれほどに大変なことだったでしょうか。

母は老夫婦に、しばらくの間読谷の人たちも住まわせてあげられないか頼みました。読谷に帰っても家はありませんし、身寄りのない奥間にいても寝る場所はありませんから、不憫《ふびん》に思ったのでしょう。

「同じ戦争で傷ついた私たちだから、せめて雨露をしのげる場所だけでもあげたい」

母はそう言って、10人ほどいた読谷の人たちを招き入れたのです。

老夫婦の家の母家《おもや》には私たち家族が住み、すぐ隣の部屋でその人たちが暮らす、ちょっとした同居生活が始まりました。

私たち奥間の人間は、山に残してきた畑と貯蔵庫から食べ物をとり、それを分け合ってなんとか貧しい戦後を暮らしていました。

みんなそれぞれに生活が苦しいことを知っていますから、読谷の人たちはなにも言わず、なにも求めず、バッタやカエルなどをとって食べてなんとか命をつないでいるようでした。自分たちの食べ物は自分たちでなんとかしなければいけない、と考えていたようです。

けれど、ついに行き詰まったのでしょう。ある日、読谷の女性が美しい着物を持って母のところに来ました。

「この着物と、米3升を換えてもらえないでしょうか」

と言うのです。紫の布地に菊や牡丹など色とりどりの花の模様が織り込まれた、それはそれは美しい着物でした。命からがら逃げてきた際も肌身離さずに運び出したものですから、大切な着物のはずです。

「着物はいりませんから、米だけを持って行ってください」

母はそう何度も言いましたが、読谷の女性は「いいえ、いけません。もらってください」と。**結局、米と引き換えに着物を置いていったのです。**

飢えと戦いながらもみんなで戦後を生き延び、その後しばらくして読谷の人たちは村に帰って行きました。

読谷の女性が置いていった着物は、誰も一度も着ることなく、ずっと我が家の箪笥《たんす》にしまい込んだきりでした。

あまりに美しすぎて、その着物を見ると苦しかった戦争のことやかわいそうだった読谷の人たちが思い出され、苦しい気持ちになってしまうからです。

食べ物と交換した着物。のちに持ち主が見つかり、77年ごしに返却できた。

77年ぶりの再会。戦中戦後を生き延びた読谷村の着物

母や私はずっと、この着物を持ち主に返したいと思って大切に保管してきました。母は1997年に94歳で亡くなりましたが、生前よく「**どこかで元気にしていると思うから、この着物と帯を返してあげたい**」と話していました。

2022年のある日、私はふと思い出したのです。あのとき読谷の人たちの中に、私と同じくらいの年代の女の子がいたことを。

あの女の子が今も元気であるならば、この着物をなんとか返したい。そんな思いで、持ち主を探すことにしたのです。

まずは、この着物と帯を読谷村の「世界遺産座喜味《ざきみ》城跡ユンタンザミュージアム」という資料館に寄付しました。資料館に立ち寄った人が、あの着物に気がつくかもしれませんから。

そして、TikTokやYouTubeをやっている孫の浩之が、インターネットを通じてこの着物の話を広げてくれました。**すると9ヶ月後、信じられないことに、終戦当時隣の部屋にいた読谷の女の子が見つかったのです！**

先日、その人に奥間まで来ていただき、再会を果たすことができました。あの戦争と飢えを10代で経験し、強く生き抜いて、お互いおばーさんになっていました。終戦から77年、その間のそれぞれの人生を思うと涙があふれて、抱き合ってふたりで泣きましたね。

着物は、その女性の13歳のお祝いに仕立てられたものだったそうです。私は持ち主に着物を返したかったけれど、ご本人は結局そのまま資料館に寄贈したそうです。

とても古いものですし、この着物にはこんな物語があったと後世に伝えていけるなら、自分の手元に置いておくよりもいいと思われたということです。

戦争は、勝っても負けても多くの人を苦しめます。**弾丸だけではなく、飢えでも人を殺します。けっして繰り返してはなりません。**

あの着物を見て、多くの人にそのことを感じてもらえたら本望です。

爆弾の破片が体の中にあった父。戦争と家族の記憶

姉は、私が10歳のとき戦争で亡くなりました。

姉は看護隊として従軍しましたが、爆弾に当たって亡くなったわけではありません。山でムカデに噛《か》まれ、その毒が回って、かわいそうに1週間も苦しんだ末に逝《い》ってしまったのです。

戦時中ですから、病院はもちろん充分な薬もありませんでした。適切な手当

てさえ受けられていたら、きっと亡くなることはなかったでしょう。
銃や爆撃だけではなく、戦争はそういうふうにも人の命を奪うのです。

父は戦争中、防衛隊として徴兵されていました。生死不明でしたが、終戦からしばらく経ったある日、負傷しながらも無事に帰って来てくれたのです。

よくぞ生きて帰って来てくれたと、そのうれしさは今でも胸に焼きついております。

父は激しい戦場を生き延びました。爆撃の際に飛び散った金属片が臀部《でんぶ》に入り込んで、帰ってきたあとも歩くのに少し難儀していたようです。

それでも畑仕事や家の仕事を一生懸命こなし、99歳の天寿をまっとういたしました。

終戦から50年以上経って父が病気で亡くなり火葬された際、骨と一緒に、その爆弾の金属片が姿を現しましてね。

親族ともども、こんなものが長い間体の中にあったのかと、ずいぶん驚きました。父が忘れようとしていた戦場の記憶は、父の体が燃え尽きてなお、そこにあったのです。

父たちの家。もう今は誰も住んではいませんが、行けば色々な思い出がよみがえります。

ありとあらゆる仕事をしてきた おばーの仕事遍歴

戦争が終わってからも、我が家の貧乏は続きました。私は家計の足しにと高校時代は幼稚園の保育士をし、高校を出たらすぐに那覇でバスガイドの仕事に就くことになりました。

首里城、斎場《せーふぁー》御嶽《うたき》、今帰仁《なきじん》城跡《じょうあと》など沖縄中の名所をお客さんと見て回り、ずいぶんと楽しかったのですが、ひととおり回ってしまうと、あとはお客さんを替えてずっと同じところに行き続けることになります。

さすがに、ちょっと飽きましてね。

その後は奥間に戻り、アメリカ軍基地の中にあるラジオ局の電話交換手の仕事を始めました。

高校生の頃のおばーです。なかなか別嬪《べっぴん》さんでしょう。

そうしているうちに23歳で結婚。長男を出産してからは、夫とともにアイスキャンディー店、精肉店、鮮魚店、農業、畜産業、民泊を営み、村の人たちと助け合いながら、なんとか5人の息子たちを育て上げました。

「為せば成る、為さねば成らぬ何事も、

成らぬは人の為さぬなりけり」


と昔の人はよく言ったものです。

「やればできる、やらなければできない。できないことは、やらなかったこと」。そのとおりで、貧しくても、どんな仕事でもなんでもやってみると、案外なんでもできるもの。

一生懸命働いて5人の息子全員を大学まで出すことができたのは、夫と私の誇りです。私がやってきたいろいろな仕事については、次の第一章で詳しくお話ししますね。

沖縄いち、幸せなおばー。
大田吉子90歳

子どもたちが独立したあとも、働き者の夫と私は商売や畑仕事をしながら仲良く元気に暮らしてきました。けれども1年前に94歳で夫が亡くなり、今は奥間の自宅でひとり暮らしです。

90歳の高齢者のひとり暮らしというと、「寂しそう」「ひとりで大丈夫?」と心配されるかもしれませんが、**まったく問題ありません**。

国頭村は面積は大きいのですが、そのほとんどが世界自然遺産の森で、人の住む集落は限られています。

奥間は特に人口が少ないので、昔から村人同士助け合って生きてきました。

国頭村で開催されている「かかし祭り」で何度も優勝しました。老後もけっこう忙しいのです。

「私にできることなら、なんでもやるよ」

不便な村ですから、少しでも村の人の役に立ちたくて、まだ村に電気が来ていない若い時分から、私はそう言い続けてきました。

食料が足りなければみんなで分け合い、近所の赤ん坊が泣けばあやしに行き、祭りや伝統行事には積極的に参加して、人生に迷う人の相談にものる。

そうやって長い間暮らしていれば、もう村の人みんなが家族のよう。

特に歳をとった今は、みんなが自分の孫のようにかわいく、愛しく思えます。村を歩いていれば誰かしら「おばー元気かね」「吉子、今日はいい天気だな」なんて話しかけてくれて、後期高齢者のひとり暮らしでも、なんの不安も寂しさもありません。

自分のできることを精一杯やって、人のために尽くせば、自ずと幸せになれる。私はそう思います。

今の私の生活を少し紹介すると、朝は毎日5時に目が覚め、6時30分のラジオ体操をしっかり第2までやって、体を動かします。

朝ご飯は7時半頃。納豆とお茶碗1／3杯ほどのご飯と、昨晩の残りの炒め物（沖縄で「チャンプルー」と言います）で済ませることが多いです。

朝食のあとは近所の朝市まで1・5kmほど歩いて行き、村人とおしゃべり。また1・5km歩いて家に帰り、庭の草取りや水まきをします。

12時になるとお昼ご飯の準備。おかずは朝と同様、昨晩のチャンプルーの残りですけれどね。

夫が亡くなって1年。いまだに一人前の料理の分量がわからず、多めにつくってしまうので、それを毎食ちょこちょこ食べているのです。

昼食後は少し休憩。

読書をしたり歌を歌ったりしてひとりで過ごしてから、15時頃に五男が営んでいる飲食店まで１・５ｋｍほど歩いて行きます。

そこでお手伝いというほどでもないのですが、従業員さんのエプロンを洗ったり、近所の人とおしゃべりをしたりします。

17時頃に家に帰り、夕ご飯の支度をして、18時半頃に夕ご飯を食べてお風呂。テレビをちょこっと見てから、20時半には沖縄民謡を聴きながら寝ます。

私の今の一日のスケジュールは、こういう感じ。気楽で楽しいものです。

草取りや畑の面倒を見るのが日課なんですよ。

おばーの一日のスケジュール

5:00	起床
6:30	ラジオ体操（第 2 までしっかりやる）
7:30	朝ご飯後、1.5km ほどウオーキング
12:00	お昼ご飯
15:00	1.5km ほどウオーキング
18:30	夕ご飯
20:30	就寝

毎日、市場や近所の道の駅、膝のデイリハ（デイサービス）など、どこかしらに出かけて村のみんなとおしゃべりしていますから、寂しくはありません。

たまには、おとなしく家の中で過ごす日もありますよ。そんな日は一日中カセットテープで音楽を聴いて、歌の練習をしています。

え？　なんの歌かって？　それはもちろん、私の大好きな国頭村老人会の歌。知らないなら教えてあげますから、一緒に歌いましょうかね。

自分のできることを精一杯やって、
人のために尽くせば、
自ずと幸せになれるよ

お悩み相談

おばーがズバリ回答！★仕事編1

Q **今やっている仕事が好きになれません。どうしたら楽しく仕事ができるようになりますか？**

A 好きになれなくても、仕事なら割り切ってお金を稼ぐことに集中した方がいいのではないでしょうか。

割り切れないなら、自分の好きなものを探しなさい。農業でも会社勤めでも商売でも、世の中にはいろんな仕事がありますよ。いろいろやってみて、自分の好きなものに出会えたら最高ですよね。

え？　好きなものをどうやって見つけるかって？　そんなもの自然にしていたら、向こうからやって来ますよ。

「あんた、これ上手だからやってみたら?」とか「あんた、これやってみたいんでしょ?」って誰かが話を持って来てくれる。いくつになったってそう。人生ってそういうものだからさ。

人の話にのってみると案外、自分の好きなことや向いていることを見つけられますよ。

やりたいことがあるなら、自分のしてみたいことを周りに言ってみるのもいいでしょうね。

そうすれば「あんた、これやりたいって言っていたよね」と巡って来ることもあるのではないでしょうか。

とにかく、人から「やってみな」と言われることを断らないでやってみる。

そして、やりたいと思ったことは周囲の人に言ってみる。
それがきっと、いい仕事との出会いのきっかけになりますよ。

なにごとも、ほどほどが一番。肩の力を抜いて自然にまかせてみるのもいいよ。

第一章

大きな声を出していると自然と健康になるよ

ストレスは溜めない！　大きい声を出したら、元気になれる

こんにちはー！
私の声、みなさんのところまで聞こえましたかね？　私は声がとっても大きいんです。海を越えて、みなさんのいる本土（沖縄の人は「内地」と言います）まで聞こえているかもしれません。
子どもの頃から「１００m先にいても吉子がいるのがわかる」と言われるほ

ど、とにかく声のでかい吉子として村では有名です。

声の大きさを見込まれて、老人会の運動会で、老人会の歌を大勢の前で独唱しないかと言われたこともあります。「私でよければ」と引き受けて歌ってみましたら、とっても気持ちがよかったわ。

老人会の仲間と合唱する機会もありました。ところが、あまりに私の声が大きいため他の人の声が聞こえず、これも私の独唱のように聞こえたと、息子に笑われてしまいました。

一緒に歌った方には申し訳ないことをしましたが、せっかくならみなさんも私に負けず大声を出してほしいですね。だって、大きい声を出すのも健康のためにはいいことですから。

ただ、私の場合は「出す」のではなくて、自然に大きい声が出ます。私の母もずいぶん声が大きかったので、遺伝なのかもしれません。

声は大きいですが、私は耳が遠いわけではありません。近所の自動販売機の「ガシャン」というジュースが落ちる音で目が覚めてしまうくらい、聴力はすごくいいです。

毎日耳は丁寧に掃除していますし、**大きい声を出してストレスを解消しているから、体にも耳にもいい**のかもしれません。ありがたいことです。

あんまり声が大きいので、内緒話をしても周りに丸聞こえでございます。だから私には隠しごとはいっさいございません。

元気の秘訣はラジオ体操と一日3kmのウオーキング

毎朝、6時30分から始まるNHKのラジオ体操（テレビ体操）は、テレビに合わせてしっかり第2までやる。
出かけるときは、なるべく歩いて移動する。少なくとも一日3kmは歩くようにしています。

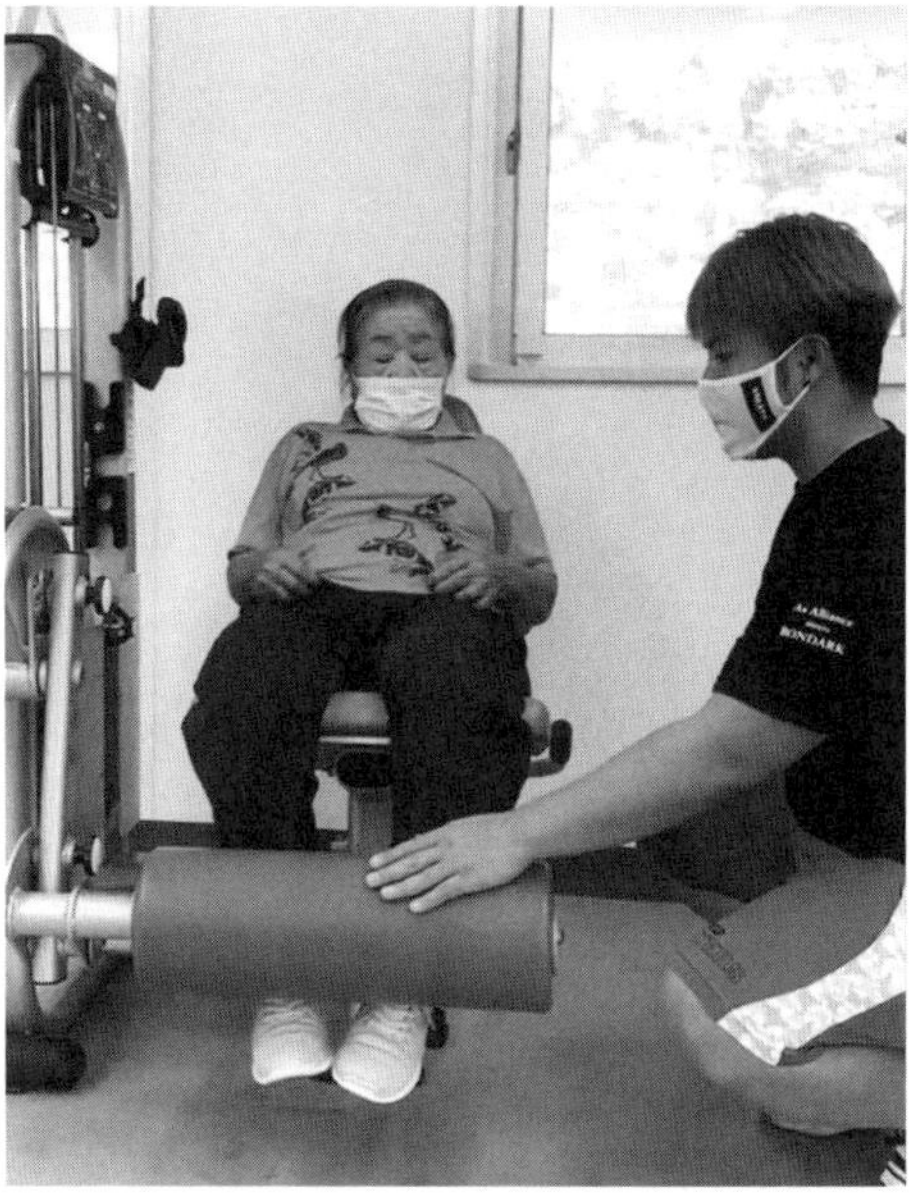

86歳にして初めてトレーニングとやらをしてみました。孫に教えてもらっていますが、なかなかハードです。

今はちょっと膝が痛むのでリハビリに行っていますが、それでもなるべく毎日たくさん「歩け、歩け」と自分を鼓舞しています。

「膝が痛い」とずっと言ってはおりますが、歩いているうちに、だいぶきれいに歩けるようになったと、村の人に褒められましたよ。

たくさん歩くこと。必ずラジオ体操をすること。

元気で過ごすためには、この2つが欠かせません。**この健康のための2箇条は、小学生の頃から80年以上も守り続けています。**小学校の担任だった宮城カナ先生との約束だからです。

泣き虫で、泣いたらすぐ鼻血を出す小学生の頃の吉子。そんな私を心配したカナ先生が、私に言ったのです。

「元気でいるには、たくさん歩くこと、必ずラジオ体操をすること」

先生と指切りげんまんをして約束しました。そのおかげか、だんだん心も体も丈夫になって、鼻血も出さなくなったんですよ。

それから80年経った今も元気！　前屈するとピタッと地面に手がつくくらい、体もとっても柔らかいのです。

若い人でも体がずいぶん硬い人がいるでしょう。あなたもそうかね？　だったら、まずは毎朝のラジオ体操を始めてみんかね？

今でも、こんなふうに地面に手をつけられますよ。毎日のラジオ体操のおかげです！

便秘知らず！食糧難の時代でも大助かりの「お芋」の力

私はとても貧しい家に生まれまして、**子ども時分から、ご飯は朝昼晩とも芋。**
学校には月桃《げっとう》という、沖縄ではそこらじゅうに生えているいい匂いのする葉で包んだ芋を毎日お弁当に持って行っておりました。
たまにあるおかずはニンニクの茎の塩揉み、油味噌といった質素なもの。けれど三食いただけることがありがたく、贅沢は言えませんでした。

結婚してからは「子どもたち5人を大学に入れてやるんだ」という一念で、節約の毎日。

子どもたちには栄養のある卵や野菜、豆腐を食べさせて、夫婦ふたりは芋、なんて日もよくありました。

そうやって苦労した時代にずっと食べていた芋。今は……大好物でございます。昔イヤというほど食べたものは、あとで嫌いになる人もいるみたいですけど、私の場合まったくそんなことはございません。

長いこと食べていたせいか、今や一日ひとつ芋を食べないと落ち着かないくらいです。**高齢者は便秘に悩む人が多いですが、私は芋のおかげでずっと便秘知らずの快腸が続いています。**

沖縄では紅芋が有名ですが、実はあれは贅沢品。田芋《たいも》という里芋のような芋や、サツマイモというよりジャガイモに近い品種などを普段は多く食べています。鹿児島のサツマイモを初めて食べたときは、なんて甘くて美味《おい》しいのだろうと感激しましたね。

「紅はるか」という品種のサツマイモも、味が濃くって大好きです。

そうそう、5年ほど前に孫の浩之が「タピオカ」っちゅう粒々したものが入った甘い飲み物をくれたんです。

若い子の間で流行《はや》っているということで、私が生まれて初めてタピオカミルクティーを飲んでびっくりする様子を孫が撮影していました。これも芋が原料なんでしょう？　えらい美味しくて、以来ときどきコンビニで買っております。

野菜は多くの種類を食べましょう。チャンプルーが最適です

今年で90歳。おかげさまで、これまで大きな病気もなく元気にやっておりま す。健康でいるためには、やっぱり食事が基本。私もそれなりに気を遣っています。**いちばんに意識しているのは、毎日なるべくたくさんの種類の野菜を食べること**。

チャンプルーをつくるなら、ニンニク、にんじん、玉ねぎ、ゴーヤ。キャベ

ツもあったら数枚入れて炒めましょう。手近にあればうんなん百薬《ひゃくやく》、よもぎ、ニラも加えるといいですね。

うんなん百薬ってご存知ですか？　ちょっぴり苦味がある、たいそう体にいい葉野菜です。

暖かい地域に生えていて、日本には中国から長寿の薬草として伝わったそうです。茹《ゆ》でるとワカメみたいに見えるからか、「オカワカメ」とも呼ばれています。

精をつけるためには、お肉も入れましょうかね。ポークの缶詰でも、チキンでもよろしいです。ツナの缶詰や卵でも上等よ。

「チャンプルー」とは、沖縄の言葉で「ごちゃまぜ」という意味。名前のとおりたくさんの野菜がごちゃまぜに入った炒め物が、これで完成です。

私は少食で1回の食事ではそんなにたくさん食べられないので、一度このチャンプルーをつくったら、**毎食少しずつ食べて栄養をとっております。これとあわせて、ご飯は毎食お茶碗1／3杯程度いただきます。**

とにもかくにも、冷蔵庫には野菜を多めに入れておきましょう。あとは豆腐、納豆、卵、梅干し、ゴーヤの漬物も切らしたことはございません。

私も夫も食べ物の好き嫌いはありません。あまり上手とはいえない私の料理でも、夫はいつも「美味しい、美味しい」と言って食べてくれました。ずいぶん優しいおじーですよね。でも、「私がつくるものは全部美味しいと言って食べなさい」と夫に日頃から言い聞かせていましたから、まぁ当然かもしれませんが。

山で採れた木の実や山菜は、なんでも食べた

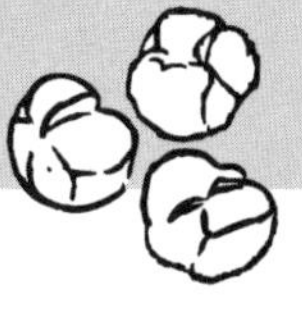

私が生まれた家は本当に貧乏で、戦後はそもそも食べ物自体が少なかったこともあり、とにかくなんでもいいから食べられるものを探しに、よく山に入りました。

椎茸、山桃の実、木苺《きいちご》、桑の実……。

このあたりは「山原の森」と呼ばれ、世界自然遺産になったくらい豊かな森

ですから、いろいろなものがあります。

中でもよく食べたのは、どんぐりです。
みなさんも子どもの頃、どんぐり拾いに夢中になったこと、ありますよね？
あのどんぐりが食べられるって知っていましたか？
調理法は簡単。茹でて皮を剝《む》いて、中の実を食べるだけ。

特段美味しくはありません。一瞬栗《くり》のような食感ですが、アクが強いんですよ。けれど、どんぐりならいくらでも落ちていますから、これでお腹を満たすことができ、**貧しい時代はありがたいと思っていただいておりました**。

どんぐりは実は栄養が豊富で、炭水化物や脂肪、たんぱく質のほか、ビタミンやミネラルも多く含まれているそうです。縄文時代の人たちもどんぐりを食べていたそうですから、立派な食べ物です。

戦争中はバッタやカエルなんかも食べていた人がいましたから、どんぐりなら、まだいい方です。今でも森に行けば、落ちているどんぐりをついつい拾ってしまうおばーです。

いただいたものは感謝して、ちょっとくらい硬くてもOK

今日は近所の人が、たくさんみかんをくれました。昨日は村の集まりで、残ったサーターアンダーギーが硬くなってしまったから捨てるという話になり、もったいないのでもらって帰りました。

サーターアンダーギーって知っていますか？　沖縄のドーナッツのことです。

それをくれた人は、ついでにゴーヤも私にくれました。

村にいると、ぼーっとしていても、たくさんの食べ物をいただきます。大変ありがたいことです。

みかんは大好きなので一日3〜4個は食べます。ビタミンCちゅうものが、体にいいそうですね。

そういえば、ここ数年風邪ひとつひいていません。

サーターアンダーギーは砂糖で味付けしてあって、味は最高。確かにちょっと硬いけど、問題なく食べられます。

ただ、最近私は太ってきまして、医者から「体重が重いのは膝にもよくない」と言われているので、甘いものは我慢しないとなりません。

ということで、残ったサーターアンダーギーは、ＴｉｋＴｏｋの撮影に来た孫に食べさせました。**最近孫がどんどん太ってきたのは、私が食べさせすぎたからかもしれません。**

でも元気でかわいい孫なので、甘やかしてしまうのは仕方ありませんね。

うちの冷蔵庫には年中ゴーヤがあります。お漬物にするにも、チャンプルーにするにも便利です。

こんな感じで食べるものに困らない今の生活には、本当に感謝しております。

今日も「おばー、あんまり甘いもの食べるなよ」と、遊びに来た息子に言われました。「うん」と言ったけれど、実は巾着袋《きんちゃくぶくろ》の中に飴玉《あめだま》を隠し持っていて、一日1粒こっそり舐《な》めております。

ついつい周りには「かめかめ」攻撃してしまいます

「かめ～かめ～」

孫や息子、ひ孫や嫁たちがうちに来たら、そう言ってご飯を山盛りに出します。

なにも亀がいるわけではありません。「食べなさい」という意味の沖縄の言葉です。

戦時中や戦後しばらくはお腹いっぱい食べることはできませんでしたし、山盛りのご飯なんて、ほとんど見ることのできないたいそうなご馳走でした。ですから、せっかく来てくれたかわいい子どもたちやお客さんたちには、とにかくお腹いっぱいになってもらいたい。戦争を体験した沖縄のおじーおばーは、みんなそう思っています。

だから沖縄では客人に、たくさんご飯を出すんですよ。

沖縄の食堂で、ソーキそばに山盛りの白米や、炊き込みご飯の「じゅーしぃ」なんてセットがよくあるでしょう。

「ずいぶん量が多いなぁ」と思った人も多いと思いますが、これは私たちの「かめ～かめ～」の精神から来ています。**精一杯のおもてなしなのです。**

さらにお米は、人間に大切なことを教えてくれます。

実入《みーい》らー、首《くび》うりり。

これは**「実るほど　頭《こうべ》を垂れる　稲穂かな」**の沖縄言葉です。お米はいっぱい実をつけると、その重みで頭を下げるでしょう？
人間も立派に実をつけ成功した人こそ、謙虚で人に丁寧である、ということ。
昔の人はうまいこと言ったものですね。

長いことお米は贅沢品でした。戦後はお米がお金のように使われていて、お米さえあればなんでも買えました。
けれど貧しい我が家にはそんなものはありません。稀《まれ》に手に入っても、すぐに炊いて仏壇にあげられました。

沖縄では、ご先祖さまにいちばん上等なものを差し上げます。なんでもご先祖さまが最優先。私たちより豪華な食事なんですよ。

仏壇から下がってきたご飯は少し硬くなってしまっていますが、それでもお米ってこんなに美味しいのかと、幼い頃の私はずいぶん感動しました。**今でもご飯は本当にありがたいものです。**

ほら、おじーの仏壇にも山盛りのご飯、あげようかね。かめ〜かめ〜。

飼っていたヤギも鶏も、みんなおかずにします

沖縄では昔、家で豚やヤギを飼っている家庭が多くありました。今もここいらでは、まだ飼っている人がいます。

うちは以前畜産をやっていましたし、昔は豚とヤギの両方がいました。夫はヤギを連れて毎日近所に散歩に出ていましたね。

普通は散歩させるなら犬なのに、うちのおじーはヤギだったので、**「ヤギお**

じー」として近所で有名になりました。

豚もヤギもご馳走です。

ヤギは、よく新築祝いで食べますね。新しい家が建ったら、職人さんや引っ越しを手伝ってくれた近所の人、親族などを呼んで、飼っていたヤギを潰《つぶ》して振る舞います。

よもぎやしょうがをたっぷり入れたヤギ汁は、ちょっと獣臭いですけれど、それがたまりません。

コリコリとした食感がクセになるヤギの刺身や、ヤギのレバーも滋養があります。先日も親戚がこのあたりに家を建てて引っ越してきましてね。1匹ヤギを潰して親戚中でありがたくいただきました。

豚は、沖縄では「鳴き声と蹄《ひづめ》以外は全部食べる」と言うくらい、無駄なく全部いただきます。

お正月のご馳走にもなりますから、年末になると各家庭で豚を潰しましてね。その際、網戸を外してその上で豚を解体します。

豚の血と脂でコーティングされて、網戸が次の1年間、雨風に耐えられるようになるんです。こうして血の一滴まで無駄なく大切に、感謝して利用させていただいております。

うちでは鶏を飼っていたこともあります。雛《ひな》から育てたのでうちの孫にとてもなついて、孫もかわいがっておりました。

けれど、もちろんこれも大事に美味しくいただきました。

食卓に並んだ美味しそうなチキンが、自分がかわいがっていた鶏だと知った

近所の新築祝いでいただいたヤギ汁です。

孫は大声で泣きましたが、それでも結局お礼をして食べました。

「飼っていた動物を食べるなんて残酷だ」と都会の人は思うかもしれませんが、それが自然のこと。

感謝して命をいただき、自分の命をつないでいく。自然の理《ことわり》を、私たちはそうやってみんな体で覚えてきたのです。

100歳まで元気でいるために禁煙・禁酒をしてくれたおじー

私は酒もタバコもやりませんが、夫はどっちも大好きでした。なんとかタバコだけでもやめさせようと、孫たちにはこう言い聞かせていました。

「もし、おじーがタバコを吸っているのを見たら、箱ごと潰しておばーのところに持って来なさい」

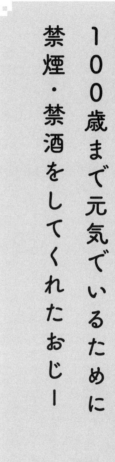

ですから、おじーは私に隠れてタバコを吸っても、すぐに幼い孫たちに捕まって、箱をくしゃくしゃにされてしまっていました。

バツが悪そうにしている夫と、孫たちの「おばー、やったよ！」という笑顔が対照的で、忘れられません。

けれども、その夫も70歳を境にきっぱりタバコをやめました。

きっかけは、私が65歳で甲状腺のがんを患ったことです。

手術をして今は幸い寛解《かんかい》しましたが、がんと宣告されたときは、それはまぁショックでした。

そのショックは、夫の方が大きかったようです。**甲状腺のがんはタバコの副流煙も原因のひとつですから、自分のせいだといたく反省したのでしょう。**

「私を早く死なせたいなら、タバコをどんどん吸いなさい！」

がんだとわかったときは、私も動揺してこんなふうに夫をなじってしまったので、驚いたのでしょうね。

とにかく、そこでようやく夫はタバコをやめました。**ついでに、大好きだった酒も一緒にやめてくれました。**

100歳まで、ふたりで仲良く元気で生きようね。

夫と私は、そう言って指切りげんまんをしました。

その日から夫は、死ぬまで酒もタバコもやりませんでした。とってもお利口さんでしょう？

新鮮野菜にエビの素揚げ！自給自足の味わい方

10年ほど前までは、畑でサトウキビや芋などをつくっていました。今は膝が痛くなったので畑はやめて、**うちの庭で自分が食べるものだけ、ちょこちょこつくっています**。

たくさん採れると近所の道の駅の市場で売らせていただき、お小遣いをもらっております。

庭にあるのは、うんなん百薬、ニラ、よもぎに、島らっきょう。大きなマンゴーとバナナの木も植えてあります。

沖縄は暖かいので、ある程度は放っておいても自然に育つのです。台所のすぐ横が庭ですから、食事をつくっているときに庭に出てちょこっと摘んで、おかずにします。

なんとも便利なものですよ。**いつでも採れたて野菜とフルーツが食べられるのも、私の元気の秘密かもしれません。**

以前は子どもや孫たちとよく近所の川に行って、エビ採りを楽しんでいました。砕いた芋を川に撒《ま》くと、ぶわっとたくさんの手長エビが食いついてくるので、そこに仕掛けがしてあるかごを置いておくと、エビが入って来るのです。

獲ったエビは素揚げにするとパリパリとした食感が楽しく、美味しいのなん

のって。

子どもたちの学費を貯めようと節約に必死だったので、そうやって自分たちで食べ物をとってくることも大事でした。

けれど節約以上に、この漁が楽しくってね。

私のエビ漁の腕前はなかなかのものなので、ぜひみなさんにお見せしたい。

今から、川に一緒にエビ獲りに行きましょうか?

老眼鏡いらず。さらに脳も鍛えられる趣味

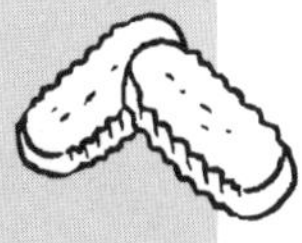

料理はあまり得意ではない私ですが、**裁縫などの手仕事はけっこう好きでございます**。昔から自分のエプロンやら子どもの三角巾やら、いろいろつくりました。

絵を描くのも好きなので、沖縄の神話を題材にした紙芝居をつくって小学校や老人会で読み聞かせることもしています。

アダンの葉で編んだもの。本物のバッタみたいでしょう？

紙芝居で沖縄の文化を教えています。裏には手書きでびっしりと台本が書かれています。

ここ数年、私の中で流行っているのは、アダンの葉を編んでバッタをつくること。

数年前に村の婦人会の旅行で、那覇のホテルに泊まりました。そこに、アダンの葉をきれいに編んでつくったバッタが飾ってあったのです。あまりにも本物のバッタそっくりだったので驚いて、私もつくってみたくなりました。「こんなに上手なバッタ、誰がつくったの？」と聞いたのですが、つくった人はいらっしゃらず、そのバッタをひとついただいて持って帰りました。

うちでそれをほどいてみて、どうやってつくられているのか、自分で研究したんですよ。なかなか骨が折れました。

こうして、私も自分でバッタを編むことができるようになりました。

今はもう、20分もあればつくれますね。

私が最初にこのバッタを見て驚いたときのように、村の人たちも私が編んだものを見て、大変驚いてくれました。そこで老人会のみんなに編み方を教えまして、ときどき一緒につくっております。**手を動かすと脳の老化防止にいいそうで、ボケ予防になるとみんな喜んでやっております**。

ちなみに私は90歳になっても目はいいので、**この細かい作業も老眼鏡なしでできます**。昔から、海やら山やら目に優しいものを見て育ってきたからでしょうか。

アダンの葉は、沖縄では海辺に行けば落ちています。海岸線に、パイナップルに似た大きな実をつける木があるでしょう？　あれがアダンです。海に行くなら、ちょっと拾ってきてくれんかね？

手先を動かして脳を鍛える。
趣味をやるのもいいものですよ

おばーがズバリ回答！★健康編

Q ストレスを感じると、ついつい食べすぎてしまいます。どうしたら、食べたい気持ちを自制できるでしょうか？

A ダイエットだとか言って食事を抜いたりせず、一日三食きちんととれば、自然と余計には食べなくなりますよ。

食事も炭水化物ばかりではなく、野菜とたんぱく質をバランスよく食べることも大事ですね。

私は、ありあわせの野菜でよくチャンプルーをつくりますが、えらい簡単ですよ（作り方は68ページで紹介）。

肉がなければツナ缶か卵を交ぜると、たんぱく質がとれてバランスがいいですね。
沖縄ではツナ缶を炒め物によく使うんです。美味しくて簡単ですから、ぜひ一度やってみてください。

おじーにもよくつくったチャンプルー。
隠し味は「塩麹《しおこうじ》」です。

食後は眠くなるでしょう？
でも本当に眠ってしまったら、牛みたいに大きな体になってしまいます。
食後は眠らずに、少し体を休めるだけにしておきましょうね。
最近、孫が「雪見だいふく」とい

う、甘～いアイスクリームを持って来ましてね。人生で初めて食べましたけれど、とっても美味しいのです。「糖分を控えている私に、なんてものを持って来るのだろう」と思いましたよ！私も、甘いものを我慢するのはなかなかつらいですが、一緒に頑張って節制しましょうね。

第二章

「私でよければ」で仕事はなんでも引き受けた

働き続けて叶った夢と、叶わなかった夢

どんな仕事も楽しくやってきました。けれど私は若い頃ときどき、ふと思うことがありました。

やっぱり看護師にもなりたかったな、と。

幼い頃に戦争を経験し、怪我《けが》をした人、かわいそうな人をたくさん見てきました。ですから「人を助けたい」「人のためになにかをしたい」という思いが強

く、若い頃は看護師になることを夢見ていたのです。

貧しい私たちに食べ物を恵んでくれて世話をしてくれた村の人たちに、看護師になって恩返しをしたいという気持ちも強くありました。

しかし、私が生まれた家は貧乏ですから、看護学校に行くお金なんて到底ありません。

やがて大人になり、さまざまな仕事をしていく中で、幼い頃に「人のためになにかをしたい」と夢見たことはどんな仕事でも叶《かな》えられる、とわかるようになりました。

バスガイドさんだってお魚屋さんだって、みんな人のためにやっていることですからね。それでもときどき「もし看護師になっていたら、どんな人生だったのだろう」と、ふと思うことがあったのです。

「なら、私が看護師になってもいいよ」

当時18歳だった姪が、あるときそう言ってくれました。涙が出る思いでした。

私は5人の息子全員を大学に行かせるつもりでしたから、5人も6人も一緒だと思い、またがむしゃらに働いて、少しですが姪の看護学校の学費を渡すことができました。

見事に看護師になった姪は、北部の病院で定年まで立派に勤め上げました。叶わないと思っていた夢を引き継いでくれる人がいたこと、そして姪が多くの人のために働けたことを本当にうれしく誇らしく思います。

どんなかたちでも夢を見続けていれば、こうやって誰かに思いが届くのかもしれませんね。

アメリカさんとチューインガムの思い出

沖縄には、たくさんのアメリカ軍基地があります。

終戦直後は今よりもっと基地の面積が広く、奥間にもかつて大きな通信基地がありました。現在は「奥間レスト・センター」というアメリカ軍の保養施設になり、休暇を楽しむアメリカの兵隊さんやその家族が、ここいらあたりでのんびり過ごしています。

私たち沖縄の人間は、終戦から78年ずうっとアメリカさんたちと同じ土地で過ごしてきました。

ですから、基地といえど同じ村の住人。そう私は思っております。

初めてアメリカさんを見たのは、戦時中です。

その人は杖をついて、私たちが隠れていた山をひとりで上がってきました。真っ白な肌に金色の髪、青い目に、そりゃあもうびっくりしました。

今の人は世界にいろいろな国があり、いろいろな人がいると学校で習っているでしょう?

でも、私の時代はそんなこと誰も教えてくれませんでしたから、まぁこんなに私たちと見た目が違う人間がいるのかと大変驚きました。

今考えれば、その人がついていたのは杖ではなくて銃だったのかもしれません。戦中、抵抗しない民間人にはアメリカ軍は攻撃してきません。

その人はいっさい銃を構えることはしていなかったため、私たちは恐ろしさを感じず、ただただ珍しいものを見るように、彼が山を上がってくる様子を眺めていました。

そのアメリカさんは私と母を見つけると立ち止まり、チューインガムを差し出したのです。**私たちはそんなものを見たことがなかったので、食べ物だと理解ができず、受け取りませんでした。**

すると、その人は自分でひとつ食べて見せてくれました。それで私も母も、おそるおそるチューインガムってものを初めて口にしたのです。甘くてとっても美味しかったことを覚えています。

陽気なお付き合いと
アメリカ軍基地でのお仕事

終戦後は基地ができて、奥間にはたくさんのアメリカの兵隊さんが来ました。最初は赤丸岬に「ボイス・オブ・アメリカ通信所」というアメリカの公共ラジオ放送の中継拠点がつくられて、あたりにたくさんの電波塔が建ち始めます。

村人もその電波塔を建てるのを手伝い、男たちはアメリカさんと一緒に仕事をしていました。

そんな様子を見て私は「アメリカさんと話してみたい」と思うようになりましてね。**高校時代はとっても頑張って英語を勉強したんですよ。**

辞書を買ってもらい、「1冊まるまる覚えてやるんだ」と毎日それを眺めていたものです。同じ村にいる人たちなのに、言葉がわからず、目が合ってもなにも言えなくて挨拶もできないなんて、寂しいですから。

高校を卒業後しばらくして、勉強の甲斐あってか「基地で働いてみないか」と誘われました。もちろん「私でよければ」と、「ボイス・オブ・アメリカ通信所」で電話交換手として働くことになりました。

電話交換手ってなにかご存知でしょうか？　「ボイス・オブ・アメリカ通信所」にかかってきた電話をとって、たとえば「トムさんをお願いします」と言われたら、そのトムさんの回線につなぐという仕事です。

もちろん電話は英語でかかってきますけれど、「トムさん」と名前だけ聞き取れたら、その回線につなぐだけ。そんなに難しいことはありません。アメリカさんとも話せるし、とても好きな仕事でした。

ところが、ひとつ問題がありました。**基地の中は体の大きなアメリカさん向けに冷房が強烈にかかっていて、部屋がとにかく寒いのです。**

そもそも私は沖縄生まれの沖縄育ち。多少暑いくらいは平気ですが、寒さにはどうしても慣れませんでした。

基地の中では制服以外は着てはいけませんでしたし、それが薄いブラウス1枚でしたから、もう寒くて寒くて……。それで耐えられず仕事を辞めてしまいました。仕事自体は好きだったので、残念でしたね。

その後もいろんな仕事をしましたけど、夫と一緒にアイスキャンディー店をやったときは、よくアメリカさんが買いに来てくれました。

夫と仲良くなって、うちに呼んで一緒に酒を飲んでいたアメリカさんもいましたよ。まぁ、私は酒は飲まないんですけどね。

「ボイス・オブ・アメリカ通信所」に勤務していた時代の写真です。ハイカラな格好しちょりますね。

そういえば私、ダイアナというかわいい女の子のベビーシッターをしたこともありました。「ボイス・オブ・アメリカ通信所」で働いている人の子どもで、両親とも忙しいときはダイアナをうちに連れて来て面倒を見ていたんです。青い目のずいぶんかわいらしい赤ちゃんでしたね。

今もご存命なら、きっと70歳くらいになったでしょうかね。元気でいるといいですね。

こんなふうに、アメリカさんとは終戦後からずうっと仲良くしてきました。**今でもアメリカさんを見かけると声をかけますし、英語も忘れんようにたまに使っていますよ。**

ハロー、ハウ アー ユー？ って、こんな感じでね。

なんでも楽しむ！
睡眠時間が2時間だった時期も

「アイスキャンディー店をやろう！　きっと儲《もう》かるぞ」

あるとき、夫がそう私に言いました。
当時アイスキャンディーなんて、まだ村の人は誰も食べたことがありません。
それでも私たちは、その新しい商売を始めてみることにしました。

茅葺職人だった夫。いつも楽しそうに仕事をしていましたね。

夫はもともと大工で、村で唯一の茅葺《かやぶき》職人でもあります。けれど、その仕事は年中あるわけではありませんので、時間ができればそうやってすぐ新しい仕事を始めていたのです。

いつも楽しそうに新しいことをするので、私も「私でよければ一緒にやるよ」と、ワクワクしながらついていきました。

その当時は、まだ村に電気が来

ていません。アイスキャンディーを売るために不可欠な冷凍庫をとりつけるために、夫はまず自家発電をすることから始めました。

最初にたくさんの機械やら部品やらを取り寄せて、発電機を組み立てましてね。その組み立て方だって誰も教えてくれませんから、**夫は全部自分で研究して、自分で考えて完成させたのです。**

それはそれは難しいことをしているな、と隣で見ていて思いましたね。けれど夫は、とっても楽しそうな顔をして作業をしていました。**電気が初めて点《つ》いたときの夫のうれしそうな顔は忘れられません。**

こうして発電できるようになると、我が家はさっそく冷蔵庫と冷凍庫、そしてテレビも買いました。

もちろん村で唯一のテレビですから、1964年の東京オリンピックの頃はもう大変。村中どころか隣村からも人がやって来て、大勢がうちの台所で観戦していました。それもオリンピック期間中ずうっとでしたから、ずいぶん騒がしかったものです。

アイスキャンディー店はアメリカの人が買っていったり、近所の子どもたちにも人気になったりで、なかなか繁盛しました。

夫は原料を仕入れに那覇まで原付バイクで一日往復200kmを毎週走っていまして、これもまたとても大変そうでした。

だって当時は高速道路なんてなく、舗装もろくにされていない凸凹《でこぼこ》道。揺れるバイクで200km、ずいぶんお尻も痛かったでしょうね。**それでも夫は愚痴ひとつ言わず、よく頑張ってくれました。**

村全体に電気が来るようになってからは、他の商店にも冷凍庫が置かれるようになりました。

「大田さんのところのアイスキャンディー、うちでも売りたいな」

村の売店や食堂の人たちがそう言ってくれて、私たちは喜んでアイスキャンディーをたくさんつくって村中の商店に卸しましてね。どこの店も人気ですぐに売り切れるものだから、いくらつくっても足りず、夜通しアイスキャンディーをつくり続けたこともありました。**睡眠時間が2時間しかなかったなんて日も多くありましてね**。

よくそれで頑張れたなぁと今は思いますが、若かったですし、なにより「目一杯働いて子どもたちの学費を貯金しよう」という思いが強くありましたから。

子育ては「できる人がやる」で5人とも大学・専門学校卒業！

「お母さん、私が大きくなったら男の子を9人産んで、お母さんを楽させてあげるからね」

幼い頃、私はそう言ってよく母を笑わせていました。

うちは三姉妹で、男手が父だけ。その父も戦争で負傷して帰ってきましたから、力仕事や農作業があるときはなかなか大変で、母は時折「男の子がいたら少しは楽だったのに」とこぼしていたのです。

女は子どもを産むのが当たり前という時代でしたから、私はそれを聞いて「大人になったら母のために男の子をたくさん、野球チームがつくれるくらい産んであげよう」と本気で思っておりました。

長男を出産したのは、私が23歳のとき。そこから12年間で合計5人の男の子を産みました。

実は6人目もお腹にいたのですが、産むことは叶いませんでした。野球チームをつくるには届きませんでしたが、**まさか男の子が5人も生まれてくるとは、自分でも驚きです。**

やんちゃな男の子ばかりの子育ては大変です。特に食べ盛りの頃なんて、いくら食べ物があっても足りやしません。

けれどうちは当時、鮮魚店と精肉店を営んでいて、店の大きな冷凍庫の中にはなにかしら食べ物が冷凍してありました。

息子たちは、お腹がすいたら自分で勝手にそこからとっていく、というスタイルでやっていました。

私たち夫婦はずっと働いていますから、みんな揃《そろ》って食卓を囲むよりも、それぞれ勝手にというのがお互い楽でした。**子育ては、まじめにやりすぎてはいけません**。

そのくらい適当でいいのです。

また、うちは長男と末っ子は12歳も離れているので、長男が下の子たちの面倒を見てくれました。

おむつなんかも、上手に替えていましたっけね。料理だって私より上手なくらいです。

昔は「男子厨房《ちゅうぼう》に入らず」なんて言いましたけど、子どもがこんなに大勢いたら、それどころではありません。**「できる人がやる」という方式で、長男にもずいぶん助けられました。**

まぁ、長男も「料理ができる男」になって結婚後は嫁さんに評判がいいようですから、よかったんじゃないでしょうか。

家屋の延焼からつくった「防火クラブ」

火の用心、火の用心。マッチ1本火事のもと。
みなさんも、ちゃんと火の用心しとるかね？

私はもう60年以上、奥間の防火クラブ員を務めています。日頃から地域や家庭で防火の知識を教え、なにかあったら消防団員さんと一緒に火を消したり、みんなを安全なところに避難させたりする仕事です。

奥間では結婚したら女性はみんな婦人会に入って村の仕事をするのですが、その婦人会の人たちと一緒に、私が呼びかけ人となって結成したクラブです。

きっかけは、私がまだ若い頃に起きた、うちの斜め向かいの家の火事です。昔はこの辺のほとんどの家の風呂場は外にあり、薪《まき》で沸かしていました。ある晩遅く、斜め向かいの家の風呂場がごうごうと燃えていました。薪の残り火がしっかり消えていなかったのでしょう。

そりゃあ驚きましたよ。

うちの敷地内には消火栓があるので、夫はすぐ外に出て消火栓からホースをとり、燃えている風呂場に向かって走りだしました。

夫は村の消防団員ですから、なかなか勇敢、動きも素早いんです。ところが、斜め向かいの家まで少し距離があり、ホースの長さが足りません。

「ホースをつないでくれ！」

そう夫が私に叫びました。他のホースとつないで長さを補うということなのでしょうが、私は消火ホースなんて一度も触ったことがなく、どうやればいいかわかりません。目の前に火が燃え盛っていますから、パニックになってしまい、なんにもできやしません。

そうしている間にも風呂場はどんどん燃えていき、ついにそのおうちの中にまで火が燃え広がってしまいました。すぐに私がホースをつなげていれば、家まで燃えてしまうことは防げたかもしれないのに……。

普段は優しい夫ですが、このときばかりは怒りました。

「そんなこともできないのか！」

ってね。火事も夫も、とても怖かったです。

私はずいぶん反省しました。いざ火事というとき女性たちも動けるよう教えてもらい、火の用心を日頃からみんなに呼びかけるような活動が必要だと思いました。

そこで、村長にかけ合って防火クラブをつくってもらったのです。

以来60年、私は今も現役のクラブ員です。もちろん今はちゃんとホースのつなぎ方もわかりますよ。最近はちょっと膝が痛いですけれど、火事が出たら駆けつけられるよう、足腰も鍛えています。

ただ、最近は村人の高齢化で防火クラブのメンバーも減ってしまい、寂しいものです。村の安全のために欠かせない存在ですから、なんとかクラブ員を増やすよう、村長と話しています。

防火活動といえば、うちの夫は村の消防団員を60年以上務めていて、生前に国から表彰されたこともあるんですよ。

東京で表彰式があり、私も一緒に東京に行きました。皇居に呼ばれましてね、そんなところ初めてですから、珍しくてキョロキョロしてしまいました。

そうそう、これが奥間防火クラブのTシャツ、かわいいでしょう。このTシャツを着て、一緒に奥間で防火クラブやらんかね？

おばー特製の「奥間防火クラブ」のＴシャツ。火消しは任せとけい！

どんぶり勘定でも大丈夫!?
大田家の「お金の管理」

実は私、なかなか算数が得意なんです。暗算なんか、今もすらっすらできますよ。アイスキャンディー店に鮮魚店、精肉店と長いこと商売をしていたからかもしれません。

もちろん、店の経理や大田家の家計の管理も全部私がやってきました。**「男の人にお金を持たせたら全部お酒とタバコに消えてしまう」と思っていました**

から。

とはいえ、私もきっちりした性格ではないので、どんぶり勘定も多かったです。この本をつくるのに昔のことを思い出そうと店の帳簿を探してみましたが、まったく見つかりません。**もしかしたら、そもそも帳簿なんてつけていなかったのかも。**

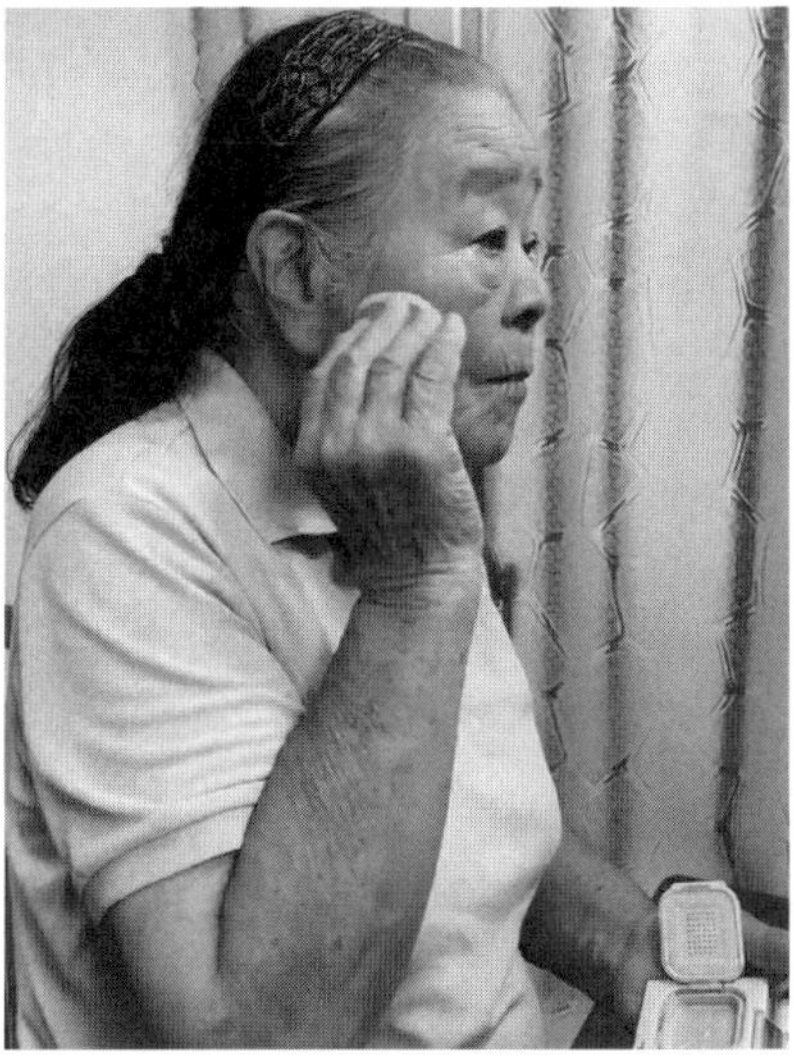
外に出るとき、メイクしないと落ち着かないのです。

子どもを5人とも大学に行かせるためには、しっかりお金を貯めないといけません。せっかく貯めたお金を使われては大変なので、夫にはお小遣い制をとっておりました。

小遣いは月いくらだったか覚えていませんが、**確か晩年は財布の中には必ず１万１０００円入れさせていたと思います**。節約が身についていて、あの人は全然使いませんでしたけれど。

私も、自分のことにお金はほとんど使いません。今でもけちん坊ですよ。ひ孫がたくさんいますので、お年玉をあげるために日々節約しております。

使うとすれば、たまに化粧品を買うくらいでしょうか。

老人会などいろいろなところに顔を出しますから、きれいでいたいとメイクは毎日しています。**１００歳までメイクをしますよ！**

そんな私を見ていたのか、先日、孫がファンデーションを買ってくれたので、大切に使っていますよ。

一度会えば孫。民泊を営んで日本中にできた孫たち

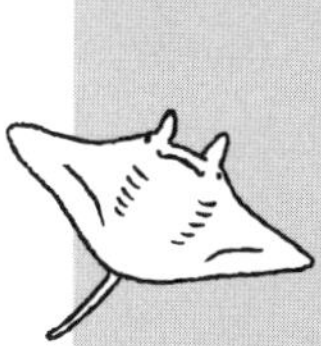

我が家では24年間にわたって民泊を営んでいました。1回でだいたい6名ほどの中・高校生をうちの2階に泊めて、数日間畑仕事を一緒にするという、体験学習の一環です。

全国の学校から来てくれて、延べ300人ほどの学生さんがうちに泊まったことになります。**一度でもうちに来た子は、もう孫みたいなもの。**みんな、み

んなかわいいです。体験学習が終わってからも手紙をくれて、交流が続いている子もいますよ。

子どもたちにとっては、親元を離れ見知らぬおじーとおばーの家で過ごすというのは珍しい体験でしたでしょう。

普段は周りの人に言えない悩みなどを、おばーにこっそり打ち明けてくれることもありました。

「私ね、タバコがやめられないの」

そう女子高生から相談されたときには、たまげました。

なんと中学生の頃からタバコを吸っていて、高校生の時点で、すでにタバコがやめたくてもやめられない状態になってしまっていたそうです。

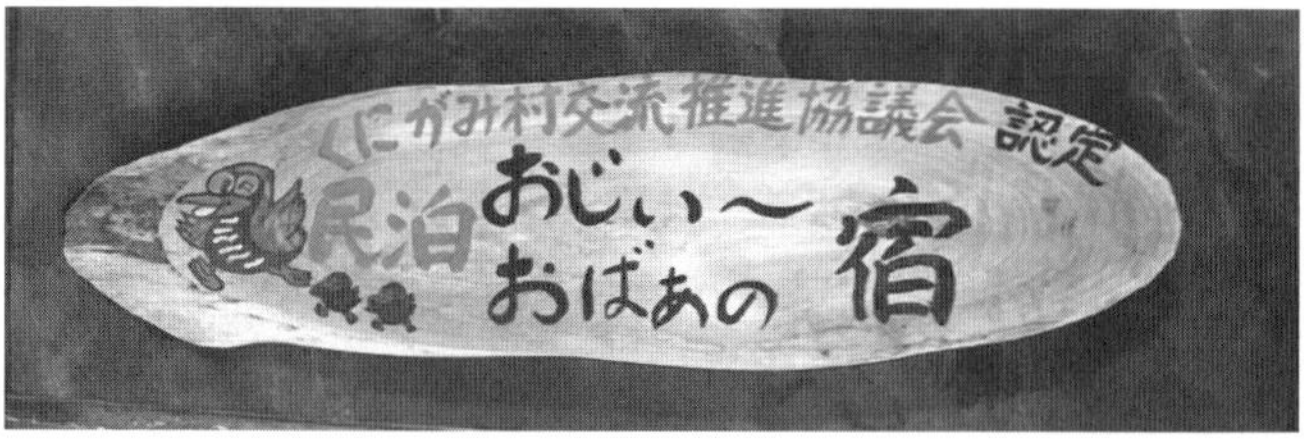

民宿をやっていたときに掲げていた手作りの看板。

どうしてそこまで誰も相談にのってあげられなかったのかと、その子のことをとても不憫に思いました。

罪悪感もあるのでしょう、私と話しているうちに、その女の子はポロポロと大粒の涙をこぼして泣きだしてしまいました。

ああ、タバコなんか吸って悪ぶっていても本当はとってもいい子なんだと、私も悲しくなって一緒に泣いてしまいましたよ。

「少しずつでいいから、やめるようにしようね」

そう私が言うと、その子は何度も頷《うなず》いていました。

この民泊「おじぃ〜とおばぁの宿」では、そうやってたくさんの子どもたちが訪れてくれました。一期一会《いちごいちえ》の出会いがあり、おじーとおばーにとっても全国に孫ができたようで素晴らしい体験でした。

うちの民泊が好評だったからか、それとも私が「なんでもやるよ」と言い続けていたからか存じ上げませんが、うちの民泊を舞台にしたテレビ番組もつくられました。

うちに元プロボクサーのガッツ石松さんと具志堅用高《ぐしけんようこう》さん、ファイティング原田さんの3人が泊まりまして、楽しく過ごしている様子が番組になったんです。

とにもかくにも民泊を営んだことは、いい思い出です。

コロナ禍で「寂しさ」を感じておばーが思うこと

私の人生の目標は「世界中のみんなに笑顔で一日を過ごしてもらう」ことです。

どうせ生きるなら、誰もが楽しい毎日を送ってほしいですから。

孫とＴｉｋＴｏｋとやらを始めてしばらくして、新型コロナウイルス感染症という病気が世界中で流行りだしました。

特に私のような老人には危険だとかで、病気が感染しないよう、村では人の行き来が減り、ずいぶん寂しい思いをいたしました。きっとあのときは、世界中の多くの人が同じ気持ちだったのでしょう。

近所に住む孫の浩之と一緒に食べていた夕食も別々にするようになり、それまで昼間にふらっと訪ねて来てくれた近所の人たちも、家に上がるのを控えるようになりました。

私はいつも多くの人に囲まれていましたから、大人になってからは幸いに孤独を感じることはありませんでした。

けれど、あのときは「ああ、これが寂しいということか」と、戦争以来久々

に思い出した気分でございました。

だから、この世界のどこかに「寂しい」という気持ちを抱えている人がいるなら、おばーの動画やら写真やらをインターネットで見て、一瞬でもそれを忘れてもらいたい。笑顔になってもらいたい。

今はそんな気持ちです。

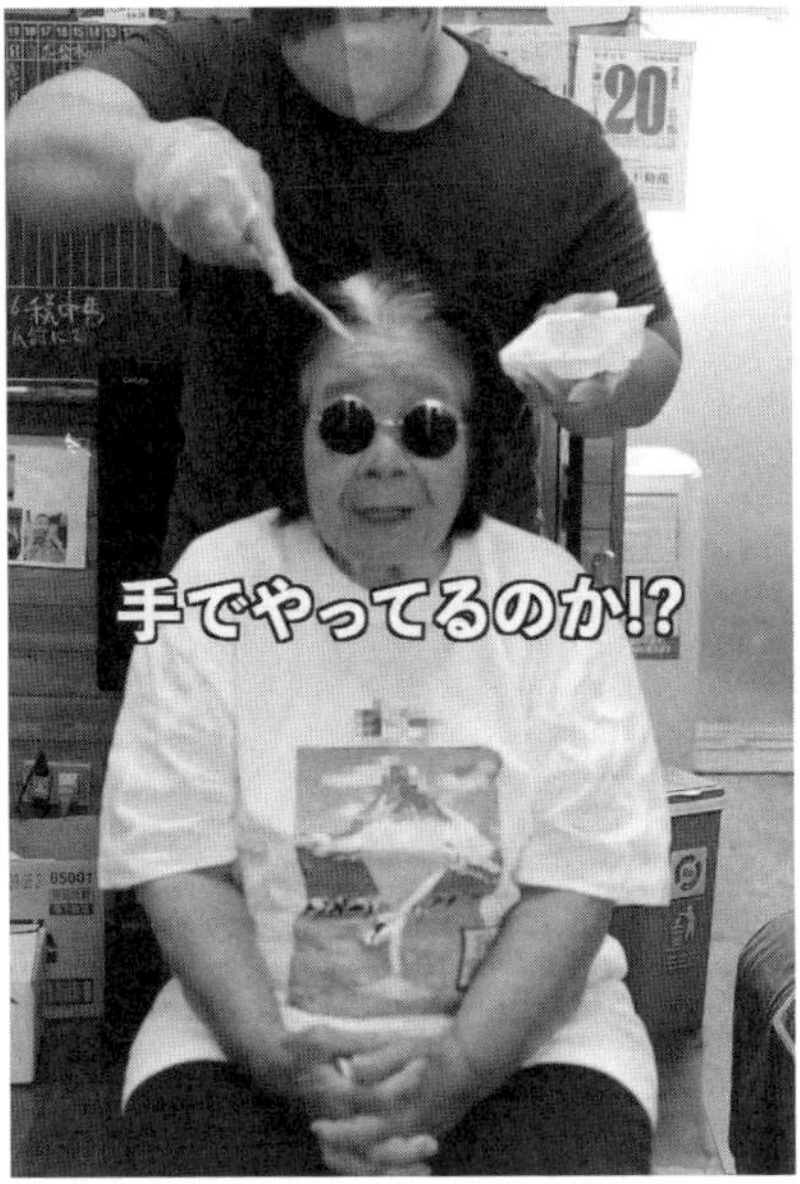

黒染めを孫にやってもらいました。ブラシを手だとかん違いして、「手でやっているの？」と聞いてしまいました。

もし、家族がいない人や大切な家族を亡くした人が見ていてくれるなら、私のことを自分の本当のおばーだと思ってもらったってかまわないんですから。

おばーが大声で笑ったり楽しそうに遊んだりしている動画や写真を見てくれた人たちが、元気が出て人生が明るくなってくれたら最高です。

なにより私自身、撮影と理由をつけてうちのかわいい孫やひ孫たちと一緒に遊びに行けるのがうれしいので、これからもＴｉｋＴｏｋを続けていきたいと思っているんですよ。

おばーの動画や写真で、
みんなに笑顔になってほしいね

おばーがズバリ回答！★仕事編②

Q やりたいことはあるのですが、失敗が怖くて、新しいことにチャレンジできません。勇気の出る言葉をください。

A **失敗は成功のもと。失敗したらまた頑張って次を考えればいい。**なんだって努力し続けないと。失敗そのものを怖がる必要はありません。まずは挑戦することが大事。たとえ失敗しても、そこから努力していけばいいだけの話です。

おばーは失敗してもクヨクヨなんてしませんでした。**でも絶対に、失敗したことは忘れない**。反省して、前に進んでいく。だから一度失敗したら、ずっとその反省を覚えておくことが大事です。

失敗から逃げちゃダメだよ。わかったかね？

第三章

夫婦仲良しの秘訣は「感謝」と「反省」

お見合いのち、恋愛。さらに結婚前に妊娠は普通でした

私は22歳のときに結婚しました。お見合い結婚でございます。

「吉子、大田のところの孝全《こうぜん》と一緒にならんかね。孝全は立派な男だから、うちの家族の面倒も見ることができるよ」

と、叔母が見合い話を持って来たのです。

それまで私は男性とお付き合いしたことがありませんでしたから、「一緒になる」ということがどういうことか、当時はまったくわかりませんでした。

けれど、そう言われると急に孝全のことが気になりだすのです。同じ村の住人で、お互いの存在はもちろん知っていましたけれど、歳が5つ違うのでそれまであまり交流もなく、どういう人かよく知らなかったものですから。

そこで、まずは孝全を数日間観察してみることにしました。孝全が働いているところに顔を出してみたり、帰り道にちょっと話しかけてみたり。そうしたらね、ずいぶんいい人なんですよ。

あの人は大工だったのですが、「とってもまじめに働くし、穏やかな優しい人だな」と思ってお付き合いを始めました。

内地の人からは驚かれますが、**奥間には昔、結婚前に両親公認で、お見合い中の男女を同じ部屋に寝かせる風習があったのです**。まぁ、相性を確かめるっちゅうことなんでしょうね。

うちの父も、実家の手伝いに来た孝全に「今夜一泊してかんか?」と言って、うちの奥座敷に私と孝全を一緒に寝かせてしまいました。

孝全はその日、うちの修理や大工仕事をしてくれて、姉の面倒も見てくれました。

「優しい人だな」「なんだか素敵だな」なんてぽーっとして、私もなんとなくそのまま一緒に寝てしまい、長男がお腹に入りました。たった1回きりで。なかなかすごいでしょう！

私は子どもの時分から「私が家を守らなければならない」と考えていたので、男の人には父や母、家族を一緒に守ってもらいたいと思っておりました。**叔母が言ったとおり、孝全はまさにぴったり**。口数は少ないけど、まじめに働いて、両親にも子どもたちにも優しい人でした。

実は私、こう見えて若い頃はなかなかモテましてね。言い寄ってくる人はけっこういたんですよ。かなりの男前もおりました。

でも私は昔から一度決めたら絶対曲げない性格ですから、孝全と決めた日からずっと、あの人ひとりです。

結婚生活に必要なのは「尊敬」と「反省」

夫は、めったなことでは怒りません。

もちろん家庭を一緒に営んでいくうえで、口喧嘩することはしばしばありました。だいたいが「そんな言い方しないでよ」くらいの小さな言い合いでございましたがね。

私は基本的に、争いがあったらいつも自分から謝るようにしています。

ただし、夫婦間の問題はちょっと別です。**謝る・謝らないではなく、反省したか・していないかが大事です**。

他人ですと、謝って歩み寄りますよね。そうして「あなたと一緒にいたい」という姿勢を見せることが大事です。

けれども、夫婦はそもそも家族というひとつの船を一緒に操っているわけです。この船は一度乗ったら降りることはない、これからも一緒にいるのが大前提、と私は思っていますから、夫婦間の場合、謝って寄り添うという一手間は省略しています。

夫が謝ったかどうかも気にしません。反省の態度が見られ、同じことを二度としないように心がけているとわかれば、口喧嘩しても仲直りできるのです。

そして、夫婦がお互いに相手を日頃から尊敬しているかどうかも大事。

夫は、大工仕事など私には到底できないことを難なくやってのけます。

一方、私だって夫ができない裁縫などをなかなか上手にこなせます。

だからお互いのことを見て「すごいなぁ」と思うことが、日常にあるのです。

そういう相手となら、ちょっと喧嘩してもすぐに反省することができると思いますよ。


え？　夫のことを尊敬できない奥さんもいる？　まぁ、ずっと一緒に暮らしていたら、尊敬の念を忘れてしまうこともあるかもしれませんよね。

でも、なにかひとつくらいあるでしょう？

声が大きいとか、力が強いとか、暗算が速いとか、**一見どうでもいいことでもかまわないので、無理矢理にでも見つけてみてください。**

きっと相手を見る目が変わって、いい関係を築けますよ。

働き者の夫がつくりあげてきたもの

夫は、みんなのために働くえらい人でした。
昔アイスキャンディー店が繁盛したとき、夫はその売上でまっさきに、村で最初の農耕重機を買いましてね。
それまで畑を耕すのは、鍬《くわ》での手作業が当たり前。サトウキビ畑を開拓する際は、村人総出で毎日鍬をふるっていました。ですから、腰や腕などみんなどこかしら体を痛めていたんです。

「畑を耕す機械があれば、みんなが楽になる」「みんなの役に立ちたい」。夫はその一心で農耕重機を買うことを決めました。

重機が村に来て以降、サトウキビ畑はどんどん大きくなり、サトウキビを売ったお金で村全体も元気になっていったように思います。

そうして大きなサトウキビ畑をつくったあと、夫はまた新しいことを始めたいと、鮮魚店を開始。さらに畜産を始め、肉も売りました。

豚の餌《えさ》は、近くのホテルから出る廃棄分のフルーツと海水を混ぜて、夫が自分で手作りしていましてね。

これを食べた豚の肉は、臭みがなくほんのり甘くて、脂が口の中でさらっと溶ける、いい味になりました。

右奥は自宅、手前は精肉鮮魚店をやっていたときのお店。

わざわざ遠くの村からも、うちの豚を食べたいと言って店に来る人がいるくらい人気になったんですよ。

本当に、夫はなにからなにまで自分でいろいろ研究し、自分でなんでもつくる人でした。

アイデアマンで、自分たちだけでなく村のために役立つことをしたいという気持ちがある人だったのも、とても素敵なところでした。

ちなみに、私が今住んでいる家も夫が自分でつくりました。

かつて電信柱が木でできていた時代がありまして、それがコンクリートに変わるとき、不要になった木の電柱がたくさん道に捨てられていたんです。

夫は「もったいないから」とそれをもらってきて、うちを建てる際の木材にしました。

おかげで、この家はかなりの広さがあるのに、１２００万円で建ちました。

なかなか上等だと思います。

おばー激怒!?「実家に帰らせていただきます」事件

私たちは夫婦仲良く、ともに一生懸命働いて暮らしてきました。けれど実は夫とは、長男の出産後に2年ほど別居していた期間があります。その間、私が実家に帰って暮らしていたのです。

多分、別居の理由は私の嫉妬《しっと》だと思います。私は後にも先にもそんなに強い感情を持ったことはありませんから、あの感情が世の中でなんと呼ばれているものなのか、よくわかりません。

けれど今思い出してみると、もしかしたらあれが「嫉妬」だったのかもしれません。

その頃、私たち夫婦と長男は孝全の実家に住んでいました。孝全のお兄さんは当時すでに亡くなっていて、実家では、未亡人となった義兄嫁と孝全が家業の豆腐店を営んでいました。

義兄嫁と孝全は、仕事でいつもふたりずうっと一緒。豆腐店も実家の畑もふたりでやりくりしていて、乳飲み子を連れた私はふたりの間に入るきっかけを見つけることができませんでした。

孝全にとって私は、必要な存在ではないのかもしれない。

義兄嫁がいれば、それでいいのかもしれない。

私はそんな気持ちになって、長男を連れてなにも言わず実家に帰り、大田の家には戻りませんでした。義兄嫁は義兄を亡くしたあと、家を守るために必死で働いていました。そもそも孝全との間にはなにもなかったと今は思います。けれど私は、仲良く仕事をするふたりをもう見ていられないと思ったんです。これが、嫉妬なのでしょうか。

みなさんも、そういう感情を抱いたことはありますか？

もし私が孝全のことをそんなに好きでもなかったら、このときに本当に別れていたでしょう。まだ若かったですし、探せば好きな人なんて他にいくらでもできたはずですから。でも「生涯この人ひとり」と決めて結婚した以上、他の誰かのところになんか行きたくなかった。**それにやっぱり、私は孝全のことがいちばん好きだったんでしょうね。**

別居している間、孝全は長男にも自由には会えません。あの人はずいぶん息子をかわいがっていましたから、会えないことはつらかったのでしょう。

孝全は2年で豆腐店をたたみ、実家を出ました。私たちが住むための家を借りてくれて、私はそこに長男と一緒に帰りました。

長男にはその2年間、両親が別れて暮らして寂しい思いをさせてしまい、悪かったなと思っています。

この件で私が義兄嫁や孝全を責めたことは一度もありません。

家に戻ったあと、孝全に「あのとき、義兄嫁と仲良くしていたクセに!」と蒸し返したことは一度もありません。**相手を責めてしまえば、お互いムキにな**

り、自分を省みることが難しくなるからです。

私だって勝手に疑って嫉妬して、悪い部分がありました。だから、日々の生活の中で、お互い反省の態度を示していくことがいちばん大事だと思ったのです。

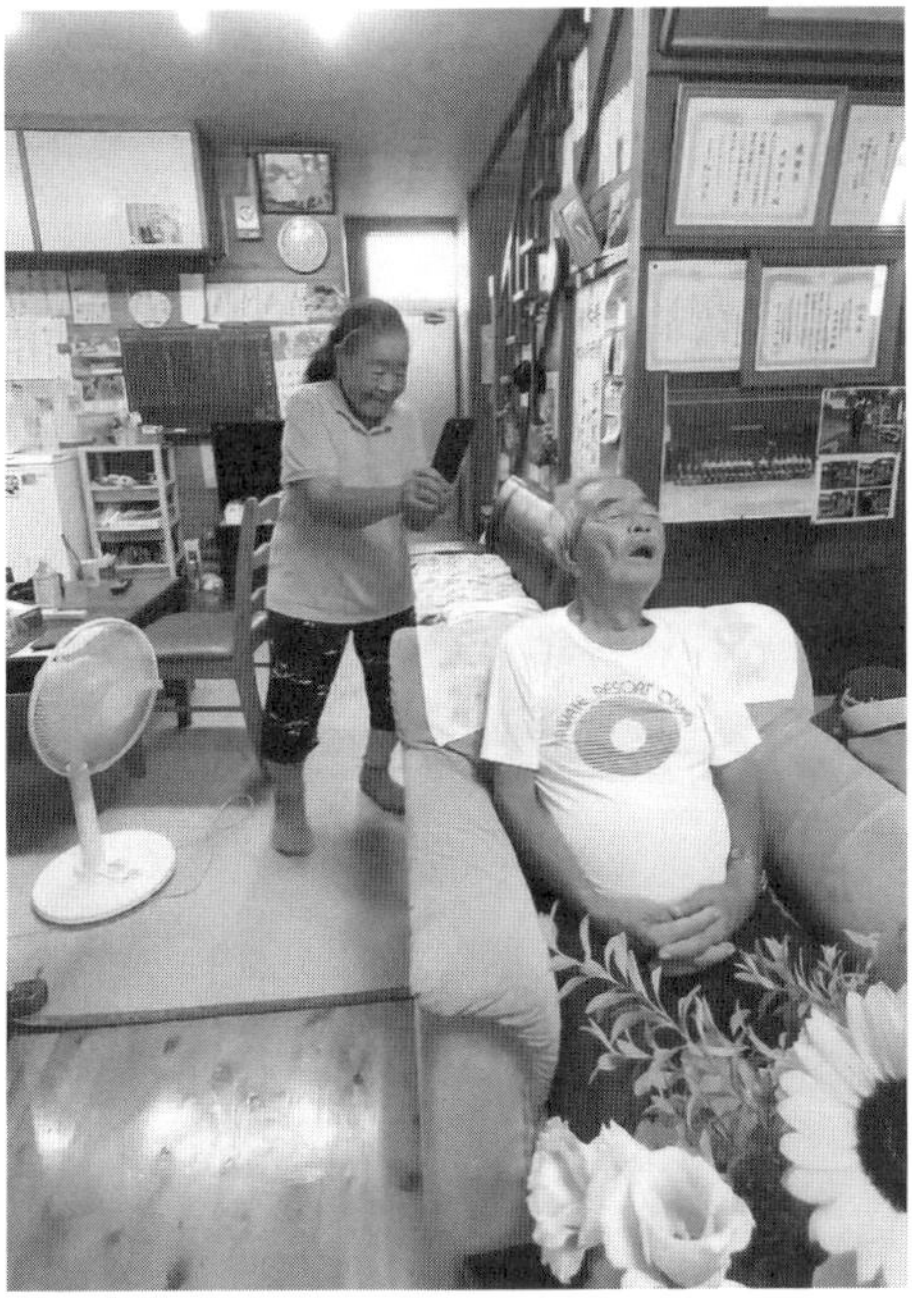

お昼寝中のおじーを後ろから激写。
ずっとずっと仲良し夫婦です。

おじー、唯一の愛の言葉

52年前、はじめて手をつなぎ
あなたに恋をした
子どもを授かりケンカもし
幸せに生きてきた
今日までどうもありがとう

これは、夫がつくってくれた詩です。

以前沖縄のテレビ局で「長く連れ添った夫婦」をテーマにした番組がありまして、私たち夫婦に白羽の矢が立ちました。夫婦がお互いに感謝を語り合うような内容だったと思います。私らなら出演を断らないだろう、とテレビ局の人も思ったのでしょうね。そのとおりでございます。

この番組のために夫は私に内緒で作詩をし、その詩に合わせてミュージシャンの方が作曲してくださいました。海辺で夫が三線《さんしん》を弾きながら、歌ってくれたんですよ。

え？　うれしかったかって？　いや、もう恥ずかしいわ、びっくりするわで、うれしいなんて思いませんでしたよ！

だって、夫は「あなたに恋をした」なんて言うような柄じゃないですし、普段からそんな愛情表現みたいなことはあまりしない人でしたからね。

夫婦が仲良くあれば、子どもは勝手に育つ

イクメン？　なんですかそれ？　ああ、育児をする男の人のことを最近はそういうふうに呼ぶんですか。そうですか。

夫は仕事ひと筋のところがあったので、育児と家のことは基本的に私任せ。

けれども夫はたいそう子どもたちに甘くてね。ずいぶんとかわいがっていました。だから息子も孫も「おじーに叱《しか》られたことなんてない」と言っています。

もちろん夫が甘やかす分、私が叱らないといけませんが、まぁそれは仕方ないと割り切っていました。

夫はよく子どもと遊んでくれました。器用に風車をつくってあげたり、川に一緒に行ったり。長男は小さい頃、夫とよく畑に行っていましてね、夫が耕運機を運転するのをよーく観察していました。そうしているうちに、なんと子どもながらに運転を覚えてしまったんですよ。

「大田さんとこの畑で、耕運機がひとりでに動いているぞ!」

あるとき、近所の人がそう言ってうちに駆け込んできました。なに、怪奇現象でも、機械トラブルでもありません。長男が耕運機を運転していたんです。背が小さな子どもですから、遠くからは運転席に座っているのが見えず、無人の耕運機が動いている！　と近所の人が驚いてしまったのでした。今でも、あの近所の人の驚いた様子を思い出すと、おかしくて笑ってしまいます。

夫は息子たちを甘やかしてはいましたが、だからといって息子たちがわがままになったということもありません。夫婦ふたりが仲良くあれば、子どもたちは勝手にいい子に育っていきますよ。

それに、この村には親戚がたくさんいて、みんなで子どもを育ててくれました。たとえ血がつながっていなくても、この村の人はみんなで子育てをするんです。**私も他の家の子の面倒をよく見ていて、この村の子はみんな私の子みたいなものですよ。**

「イクメン」ってのは、育児するメンズだから「イクメン」なんでしょう？こっちは村中のみんなが育児をしますから「イクムラ」ですかね？

国頭村のロマンチック・デートスポット

よく夫とデートした場所は、ヤンバルクイナという希少な鳥がいることでも有名な国頭村森林公園や、うちから海沿いを車で走ってたどり着く沖縄最北端の岬・辺戸《へど》岬《みさき》。

晴れていれば、この岬から鹿児島県の与論島《よろんじま》まで見えるんです。

大宜味村《おおぎみそん》の塩屋湾《しおやわん》をぐるっと一周ドライブして帰ってきたこともありました

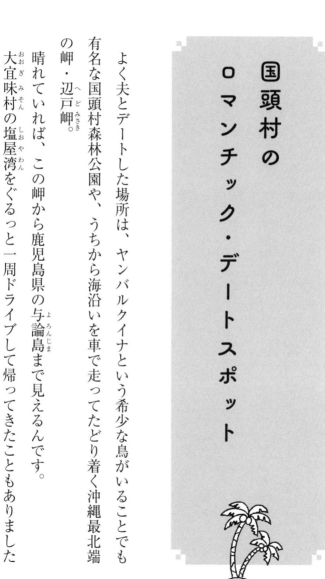

ね。内陸の静かな海で、ここも海がとっても青いです。

うちからすぐ近くの「軍ビーチ」と呼ばれている場所も、私たちのお気に入りでした。**アメリカ軍の基地の中にあるビーチで、国頭村の住人であれば軍にゲートを開けてもらえて、中で自由に遊ぶこともできるのです。**

観光客は入れませんから、汚されておらず本当に美しい浜なんですよ。

「軍ビーチ」のあたりは「奥間レスト・センター」というアメリカ兵の保養所で、沖縄中にいるアメリカさんたちがお休みを過ごす場所。そのため、基地といえどもリラックスした雰囲気があるのです。

どんなに仕事が忙しくても時間をやりくりして、そうやってふたりでここいらの名所をたくさん散歩しました。きれいな海や山をふたりで一緒に眺めて、ロマンチックでしょう?

若い頃は、海外旅行も一緒に行きましたよ。ハワイやシンガポール、香港にも行きましたっけね。夫も私も普段はちっとも贅沢はしないのですが、旅行だけは好きなんです。

費用の安い団体ツアー旅行ばかりでしたが、同じツアーに参加した人のお友達もできて、なかなか楽しかったです。

夫は90歳頃まで本当に元気で、裸足で砂浜を走って体を鍛えていました。**90歳を少し過ぎて、ようやく「最近体が思うように動かない」なんて言いだして**。まぁ、足腰が痛くなりだすのは60歳くらいからの人が多いですから、「ずいぶん丈夫なもんだ」と孫に笑われておりましたっけね。

それでも晩年は歩くのが難儀になり、散歩に行きたいときは息子の車で海まで行くのが定番ルートになりました。

車を降りて、海岸で貝殻を拾ったりしてのんびり過ごす時間が好きだったようです。

亡くなるほんの少し前も、「JAL　プライベートリゾート　オクマ」というホテル（現「オクマ　プライベートビーチ&リゾート」）のビーチに行き、そこで働いている人のそばに腰かけて話し込んでいましたよ。

「昔、ここいらはちょっと違った」なんて昔話をして、ずいぶん楽しそうでした。**最後に大好きな海を眺めて、村の人とおしゃべりできて幸せだったと思います。**

日本はもちろん、海外にも旅行に行きました。

お別れの日、蝶々になったおじー

2023年の冬、夫が風邪をひいたので病院に連れて行ったところ、肺炎と言われ入院しました。私は1週間ほど毎朝早くから病院に行き、夫の看病をしていたのですが、4月のある日、目の前ですぅと眠ってしまいました。

「おじー、おじー」

そう呼んでも起きんので、先生を呼んだら、それでお終《しま》いでした。びっくりしましたが、**苦しそうでもなく眠るように逝ったので、94歳にしては上出来かもしれません**。

でも、私は夫と「100歳までふたりで頑張る」と約束したんだけれどね……。それなのに夫は私を放ってひとりで逝ってしまいました。

夫がいなくなって、そりゃあもう寂しいです。70年も一緒にいましたから。今は毎朝晩仏壇に「おはよう」「おやすみ」と声をかけ、「これからも私を元気で頑張らせてください」と夫に祈っています。

寂しくても、まだまだ私は元気で人のためにできることはしたいですから。

死は人の天命。仕方ないさ。自然の理だもの。

どんなものでも同じ。草花も、花が咲き終わったら散るでしょう？　鳥や虫も、いつかは死んでしまうでしょう？　みんな同じことですから。

だからおじー、私を置いていったこと、もう気にしなくていいよ。

あんたは頑張るだけ頑張ったんだから。


今でも、家には夫がいるような気がします。不思議と気配がするのです。

あら、そう言っているそばから、大きな蝶々が部屋に入ってきました。

これ、おじーかね。あんた、蝶々になったんかいね。こら、逃げるでない。

夫婦円満のコツは、日頃から
お互いに相手を尊敬すること

おばーがズバリ回答！★恋愛編1

Q

夫に恋人がいました。ショックですが、今でも夫のことは好きです。わたしたちには子どもがいるんですが、不倫をするような人とは別れた方がいいでしょうか。

A

別れた方がいい。そんな夫は追い出しなさい。「出て行け！」ってね。

男は、ふたりの女の面倒をいっぺんには見きれない。それに特別あなたのことを好きだと言ってくれる相手といないとダメですよ。

結婚っていうのは家族同士が結ばれること。そんな簡単に他の女にフラフラ行って、遊び気分でいるような人はダメ！

子どもがいるのに他の女にお金を使っているような男もダメダメ！　**子どもがいるなら、なおさら女が強くありなさい。**そんなやつ、やっつけるのよ！

第四章

お節介おばーが教える人間関係円満のコツ

嫌いな相手こそ、話を聞く。否定はしてはいけません

「いちゃりばちょうでぃ」

沖縄言葉で「一度会えばみんな兄弟」という意味です。

沖縄の人にはこの考え方が体に染みついていて、病院の待合室やバス停などでなんとなく居合わせた人と長話をしたり、見ず知らずの、道を聞かれただけ

の人でもお茶に誘ったり。そんなことがあります。

私は、一度会ったら誰でもみんな自分の孫のような気がします。

民泊で我が家にやって来た300人の子どもたちも、この村に暮らす人みんなも、内地からときどき取材で来るテレビや新聞の人たちも、おばーのところに遊びに来てくれた人は、みんなかわいいのです。

みんなが自分の孫だと思えば、この世界に本当に悪い人なんかいない気がしてきます。だから、村でなにか悪いことをした人や、嫌だなと思うことを言う人がいても、相手を責めることはしません。

まず「なんでそういうことをしたの?」「なんでそんなことを言うの?」と話を聞き、その人の背景を考えることにしています。

自分のかわいい孫が、悪い子のはずはありません。悪いことをするにも、なにか理由があるのです。

止むに止まれぬかわいそうな理由があって、それを教えてもらえば一緒に解決できるかもしれないですから。

なんで、あの子をいじめるの？
なんで、あの人の悪口を言うの？
なんで、そんなことをするの？

どんな相手にもそう聞いてみて、その答えに寄り添うんです。
「嫌いだな」と思う人がもしいるなら、そういう人にこそ「なんでそんなことをするのか」と素直に聞いてみて、話を聞いてあげると、今まで見えなかったものが見えてくる。おばーはそう思いますよ。

他人をけっして否定してはいけません。

相手に寄り添って話を聞く。そうすればお互いに理解ができ、自ずと人はついてきてくれるのではないでしょうか。**人の悪口なんて言ってはいけません。そんなことを言う人は成功できませんよ**。

袖触れ合うも他生の縁。一度会えばみんな兄弟。ですから、どんな人でも大切にしたいと私は思っています。

挨拶は人生の基本。今日も大声で挨拶しましょう

「ちゃーがんじゅーね？（こんにちは、元気ですか？）」

私は、村で見かける人には誰にでもいつでも、そう声をかけています。
最近は、観光で来た人が「おばーのこと、インターネットで見たことある」とか言って向こうから声をかけてくれることもありまして、それもうれしいで

すよ。

「一緒に写真撮ってもらっていいですか」なんて言われることもあるんですよ！　**そんなときは「私でよければ喜んで」と、ピースして一緒に写真を撮ります**。

村の子どもたちもみんな挨拶が上手です。うちの前が通学路になっているので毎朝「行ってきます」、帰りは「ただいま」とおばーに声をかけてくれて、とてもかわいらしいですよ。

「僕ちゃん、ちゃーがんじゅーね？」

国頭の村長さんを見かけると、私は子どもたちと話すみたいにそう声をかけて手をふります。

とても若々しい村長さんなので、ついかわいくて「僕ちゃん」と呼んでしまいますが、どうやら村長さんは60歳を過ぎているようです。そんな人に「僕ちゃん」は失礼でしょうかね。でも、かわいいからいいんじゃないかね。

この頃は、内地や那覇から国頭村に移住してくる人も少しずつ増えてきました。もちろん、その人たちにも「ちゃーがんじゅーね?」と声をかけますよ。移住してきたばかりだと、きっと緊張しているでしょうから、**こちらから積極的に声をかけるようにしています**。「楽しく、この村で一緒に暮らしましょう」ってね。

同じ村で暮らす以上、みんなで手を取り合って生きていかないと。そのために挨拶はとても大事です。

「何を話していいかわからないから、道で知り合いに会っても声をかけない」なんていう若い人が多いと聞きます。

でも、別になにも話さなくていいんですよ。**挨拶は「こんにちは」の一言で充分**。それだけで「あの人、今日も元気だな」と、みんな安心しますから。

挨拶は人生の、人付き合いの基本です。**私は犬やヤギにだって、見かけたら声をかけますよ**。

でも、蚊だけは「ごめんね」って手を合わせてから潰しますけれど。

「ごめんなさい」は自分から先に言うこと

「わっさいびーん」

沖縄言葉で「ごめんなさい」。人間関係でなにか問題が起きたら、**私は必ず自分から謝るようにしています**。

私は自分の子どもや孫はもちろん、この村の人たちも全員、みんなかわいいと思っています。

その人のためになにかをしたいから、自分の我を通すことはちょっと違う。だから、**なにかあったら「ごめんなさい」をまず自分から言って、歩み寄るようにしています**。

そもそも「ごめんなさい」を言うって、勇気がいることですよね。自分が悪いと認めるのはつらいことです。

ならば、そのつらいことを相手の代わりに自分が引き受けてあげればいい。そうすれば相手との距離も縮まるのではないでしょうか。

民泊をしていたとき、どうしても農作業をやりたがらない子がいました。学校からは農作業をやらせるように言われていますし、他の子も頑張っているのだから、させないとなりません。

けれども、「やりなさい！」と一方的に怒るのはなんだか違う気がしました。

「おばーも一緒にやってあげる。だからごめんだけど、頑張ろうよ」

そういうふうに歩み寄って、寄り添ってあげると、仕方なくでもその子は手を動かしてくれるようになりました。

とはいえ、自分の孫には**「お前、怠《なま》けていたら泣かすよ」**くらいのきついことを言っていましたけれどね。

お嫁さんは、自分の子どもや孫より大切に

「大好きだよ、あんた最高だよ」

私は、うちに嫁に来てくれたお嫁さんたちに、会えばいつもそう言っています。息子よりも孫よりもお嫁さんを大事にしたいと思っているのです。

だって、せっかくうちを選んで来てくれたんだもの。うんと感謝しなければ

なりません。それに自分の息子や孫ばっかりかわいがっていたら、お嫁さんだって気分がよくないでしょう。**だからお嫁さんに会えばいつも「大好きだよ、あんた最高だよ」と伝えています。**

お嫁さんがその場にいないときは、息子や孫に「あの嫁さんは最高だ、大切にしなさい」と言って聞かせます。

さらには村人にも「うちにはいい嫁が来た」と言いふらします。息子や孫も、お嫁さんを褒められればうれしいでしょうし、村にお嫁さんのいい噂が広がるのもいいことでしょう。**息子より嫁を大事にする。**これが、より楽しい親子の人生を送るための基本だと私は考えています。

世の中には嫁姑戦争なんてもんがあるそうですが、みなさんも、いったんもらった以上はお嫁さんもお婿《むこ》さんも大事にして、ともに育てていくのがいいと思いますよ。

相手を決めつけず、相手の立場を想像してみましょう

「もうこの子をいじめないで！」

私が小学生の頃、クラスにいじめられている女の子がいました。体が小さく、気の弱い子でしたから、いじめっ子の標的にされてしまったのです。いつの時代も、そういうことはあるものです。

かつては泣き虫だった私も、小学校の高学年頃にはずいぶん強気な女の子になっていました。

「いじめなんてやめなさい！　この子が学校に来られなくなったらどうするの？　次にやったら先生に言うから」

そう言っていじめっ子を追い払い、私のいないところでいじめが続かないよう、毎日その子と手をつないで学校に行きました。

いじめっ子は、なぜいじめをするのか。

もしかしたら家で親にぶたれているから、学校でウサ晴らしをしているのかもしれない。

かわいそうな子なのかもしれないと、**当時から相手について想像するようにしていました。**

「なんであの子をいじめるの？」

いじめっ子にそう聞き続けていたら、家庭の事情やらなんやらを話してくれて、なんだか仲良くなっていじめはなくなりました。**今も、その元いじめっ子と私は仲良しです。**

相手を決めつけず、相手の立場に立って一度考えて、想像してみる。それって人間関係にとって大事なことだと、おばーは思います。だって、人間はひとりでは生きられませんから。

うちの近くに来るカラスだってそうですよ。朝になったら山の方から、必ず2羽一緒に飛んで来るんです。

2羽のカラスは、夫婦か、親友かわかりませんがね。人間も助け合わないと生きていけないんだってことを、自然を見ているとつくづく感じます。

助け合って声をかけ合って、みんなで生きていきたいですよね。

苦手なことも、褒めてもらえたら好きになる

「あんた、算数得意なんだね。すごいね」

当時幼かった息子にそう言うと、やる気を出して、もっともっと算数を勉強するようになりました。

「あんた、ずいぶんエビ獲るの上手だね〜」

まだ子どもだった孫にそう言うと大変喜んで、どんどんエビを獲ってきてくれるようになりました。

人は褒められたことを好きになり、褒められたことをもっと頑張ろうと思うもの。**だって、誰でも褒められるとうれしいですし、やる気が出ますよね。**

だから、自分の子どもや孫も村の人も、私はとことん褒めてやりたいと思っています。

それにね、苦手なことだって、褒められると案外伸びるんですよ。

私も、人から褒められて苦手を克服できた経験があります。

実は、小さい頃の私は恥ずかしがり屋の緊張しぃでした。今でこそ老人会の運動会で独唱するなんてことも平気でできますが、**子どもの頃は人前に出ると足が震え、うまく声が出なかったんです。**

あるとき小学校で、クラス全員の前で作文を読まなければならないという日がありました。

震えて、何度もつっかえながら、作文を読みましてね。どう考えてもうまくできたとは思えなかったのですが、それでも先生が「よくできたね、上手に読めたね」と褒めてくれたんです。現金なもので、褒めてもらうとうれしくなり、また人前に出てみようと思えました。

そうして今の、声が大きい、物おじせずに人前にも元気で出ていけるおばーが完成したというわけです。**苦手なことだって、褒めてやれば好きになるんですよ。**

「あんたこんなにできるの」

「すごいね」

「上手だね」

こう言われたら、うれしいでしょう？　子どもでも大人でも、得意なことも苦手なこともたくさん褒めてあげて、そこから上達させればいいんです。

褒めるのはいいですけれど、**できないことを馬鹿にしたり、人をけなしたりすることは絶対にしてはいけません。**

たとえば、「お前は料理が下手くそだな」とけなされたら、誰でもムッとしますよね。

「もう料理なんてしたくない」と思ってしまうかもしれません。

「あいつは料理が下手だ」と他人に言いふらされたら、もっとムッとしますよね。もう頑張ってうまくなろうという気力すら起きなくなるもの。

どうしても改善してほしいところがあるなら、けなしたり責めたりするのではなく「どうして、こうなったのか」を聞いて、一緒に考えてあげればいい。

想像してください。「どうしてこのチャンプルー、味がないの？」と聞かれたら、本人はつくった工程を思い出しますよね。

そして「そういえば塩を入れ忘れたな」とわかって、次回から改善していけるかもしれませんからね。

「苦手」には、あえて強制的に向き合ってみましょう

どうにも克服できない苦手なことも、きっとありますよね。そんな場合はとにかく、**その苦手だと思うものにたくさん触れてみるといいと思います。**

うちの孫は小さい頃、犬が苦手でしてね。犬なんて世界中どこにでもいますから、ちゃんと克服させたいと私は思ったのです。**そこで、近所で飼われているいちばん大きな犬をうちに連れて来て、孫の隣に座らせてやりました。**

大丈夫。ちゃんとしつけられている犬だから噛みませんし、最初は孫も驚いていましたが、少ししたら慣れたようで、今はすっかり犬嫌いもありません。

そうそう、孫は水泳も苦手でした。**そこで、おじーとおばーとで一緒に海に入ってやり、足のつかないところまで連れて行ったんです。**

足がつかないのだから、もう泳ぐほかありません。もちろん私たちがそばについていますから、なにかあったらすぐ助けられます。

え？　それはずいぶん荒療治だって？　でもちゃんと泳げるようになりましたし、せっかく海がきれいな沖縄に住んでいるのだもの、水泳が苦手なんてもったいないですからね。

あなたにも苦手なものありますか？　え？　蛇《へび》が苦手？　なら連れて来てあげようかね。大丈夫。ちゃんと噛まない子を連れて来るからね。

「お節介」は積極的にしているよ

村で困っている人がいないか見て回り、なにかあれば相談にのる、民生委員という村の仕事を長年やっておりました。
私は声が大きく、誰にでも話しかけるので、村人から「民生委員やらんかね?」とスカウトされて、「私でよければ」と始めた次第です。
本当に困ったことがある人は、悩みをあまり人に言いません。ですから定期的に各家庭を訪問して、なにか変わったことがないか見ていました。
お金に困っている人を見つけたら役所に相談し、歳をとってひとりで寂しいと言う人には、2~3日に一度は顔を見に家へ訪ねて行く。そんなこともしていました。

「夫も息子も死んで、もう誰もいなくなった。私も死にたい」

そう言うおばーさんもいましたが、私が家に行くようになると、たいそう喜んで毎度迎え入れてくれました。

「一緒に頑張ろうね」

そう相手を励まし、ときには私も励まされ、一緒に歌を歌う日もありました。
「てぃんさぐぬ花」や「安里屋《あさどや》ゆんた」。どれも沖縄の歌です。私たちの大好きな「国頭村歌《そんか》」も一緒に歌いました。

あるときは、家の外に出られず、学校にも行けない子どもがいました。今の言葉で「ひきこもり」というのでしょうか。

最初はおうちで勉強をするように見守っていたのですが、やっぱり外で遊ぶことも大事。できるだけその家に顔を出し、遊びに誘うことにしました。

「ちょっとでもいいから、出てきておばーと遊ぼう」

そう声をかけて、その子が出てくるのを何日も待ちました。

辛抱強く待っていると、やがてその子は外に出てきて、おばーとたくさん話をしたり葉っぱを折って遊んだりして、とっても仲良くなれました。

沖縄の文化にも興味を持って、一緒に沖縄民謡を歌いましてね。大人になった今、その子は三線弾きになったんです。今は内地で沖縄民謡を奏でているそうで、大変立派なものです。

今は民生委員の仕事は降りましたが、相変わらず「村のお節介おばー」として積極的に活動しております。最近も不登校の子の家を訪ねて行き、「おばーと一緒に遊ぼうね」と声をかけているところなんですよ。

また、寝たきりのおばーさんの家も訪ねるようにしています。

私が行くと「吉子、来たんね」と喜んでくれて、一緒に話してお茶を飲んで、手を握る。そうすることでその人の心が少しでも楽になったらうれしいものです。**幸い私はまだ体が動きますから、自分が動ける限りは誰かのためになることをしたいのです。**

友人との思い出は70年経っても鮮明なもの

私には、親友がいます。高校時代のクラスメイトのトシ子です。**うちと同様、トシ子の家も大変貧しく、家族ぐるみで助け合って生きてきました。**

ふたりとも勉強熱心で、よく一緒に勉強しましてね。担任の先生の家に泊まりがけで行って勉強会をしたこともあります。

高校を卒業したあとは、ふたりで男の子の話なんかもよくしました。あの子は、当時村に赴任していた教師と恋に落ちましてね。

私も孝全との話をトシ子に聞かせていました。いわゆる「恋バナ」ってやつでしょうか。

しばらくして、トシ子とお相手の先生は結婚して那覇へ行きました。**私は大事な友達と離ればなれになりましたが、寂しくはありませんでしたよ。**だってトシ子は、大好きな人のところに嫁に行ったのです。喜ばしいことですから。

トシ子はそれきり、奥間に帰ってくることはありませんでしたが、同じ沖縄で元気にしていてくれる。そう思えばいつでもうれしいものでしたね。

トシ子の妹から「トシ子が亡くなった」と聞いたのは、20年ほど前でしょうか。もうトシ子がどこにもいない。そう思うと今も寂しいです。

でも、これが人生。

離れて暮らしていたときも、トシ子の命がなくなった今でも、トシ子のことを思い出せば、ふたりで笑って過ごした10代、20代に心は戻ります。

私は村の人みんなと仲良しですけれど、特別な友達として思い出すのは、トシ子ひとりです。

子どもには、勉強させましょう

私は、勉強ってとても大事だと思います。だって勉強しなければ、せっかく生まれ落ちたこの世界について、なんにも知らないまま死んでいくことになるのですから。

私は小さい頃から看護師に憧れていましたが、結局看護学校に行くお金がなく、勉強することができませんでした。

だから、息子たちにはそんな思いをさせたくない。なんとしてでも大学に行かせて、この世界のことをちゃんと知ってもらいたい。しっかり勉強して、自分がなりたい職業に就いてほしい。そう思って頑張ってきました。

もちろん、子どもは勉強よりも遊びたがるものです。**だから、うちは宿題をやらないと絶対に遊びには行かせませんでしたよ。**

たまに「宿題が出ていたこと、忘れていた」なんて言う子もいたけどね。そうしたら私だって言いますよ。

「はぁ？　宿題あるの忘れるなんて、あんたどうなっているの？」

ってね。普段はそんなに怒らない私でも、そのくらい勉強が大事だと言ってて聞かせていました。

どんな子でも、ひとつくらいは得意な科目があるはず。それを見つけて「すごいね、こんなにできるんだね」と言って褒めてやれば、うれしくなって子どもは勉強するんです。

うちの子は5人ともそうやって育てて、ちゃんと大学と専門学校を出ましたから、褒めて伸ばす勉強法、おばーが保証いたします。

目標は100歳まで生き抜くこと

私は長年、村の民生委員としてさまざまな人の悩み相談にのってきました。
この本でも、いろんな悩みに回答しましたね。
能天気で笑っているだけに見えるかもしれませんけれど、私だって人生の折々に、それなりに悩みはあった気がします。
けれども、それもほとんど忘れて、今は楽しかったことしか覚えておりませ

ん。まぁ、だからこそこうして元気に楽しく長生きができるのでしょう。

今の私の悩みといえば、**私ひとりで息子と孫、ひ孫たちをあとどれくらい幸せにできるだろうか**ということ。

私の 88 歳のお祝いで、おじーと一緒に記念撮影しました。沖縄の伝統的な衣装、きれいでしょう？

みんなが笑顔で「ああ楽しい」と言える時間を少しでも長く過ごしてもらいたい。そのために私にできることがあれば、なんでもしたい。幸せをつくっていきたいんです。

私の目標は、１００歳まで生きること。
次に、私がいなくなったあと、家族そして世界中の人たちに、もっともっと幸せになってもらうことです。

だから、二度と戦争を起こしてはいけないよ。

世界には残念ながらまだ戦争があるでしょう。それを思うと、胸がとても苦しくなります。だって、世界の人みんなが私のかわいい孫だから。みんなが幸せになってほしいと、今はそれだけを願っております。

世界中の人に、もっともっと幸せになってほしいねえ

おばーがズバリ回答！★恋愛編２

Q

好きな人ができたのですが、怖くて自分からアプローチできません。どうやってアピールしたらよいでしょうか。

A

あなたが相手のことを本当に好きだったら、堂々と思いを伝えるといいと思います。

そうしないと、その人は他所《よそ》に行ってしまうかもしれない。言う人がちゃんと言わないと、縁が遠ざかって、お互いの道が外れてしまう。人生ってそんなものだからね、摑《つか》めるときに摑まないと。

恥ずかしいかもしれないけれど、あなたが勇気を出して告白すれば「私でもよければ」と相手が言ってくれて、一緒の道を行けるかもしれないからさ。

もしフラれたとしても、単に縁がないだけ。気にしなくていいさ。

人間は磁石じゃないから、体が勝手にひっついてしまうことはない。ちゃんと言葉で伝えんと、ひっつけるものもひっつかないのではないでしょうか。

でもね、私自身は、自分からは「好き」とは言わない。好きだと言ってくれる人と一緒になるのがいちばんだからさ。

堂々と思いを伝えろと言っておいてなんですが、私は自分のことを好きになってくれる人を、「この人だったらいいかな」って考えて好きになるタイプなのです。

おわりに

◎おばーが教えてくれたこと

大田吉子の孫、大田浩之

最後までこの本にお付き合いくださり、ありがとうございました。大田吉子の孫の大田浩之と申します。「南の島のおばーと孫」というアカウント名で、祖母とのおしゃべりをTikTokやYouTubeなどで配信しています。

先ほど、私の妻と娘、父とおばーで奥間のビーチに行ってきました。私の娘が砂浜で遊ぶ様子を父が見守り、その後ろをおばーは楽しそ

近所の絶景スポット。小さい頃からよくおばーとおじーと遊びに来た思い出の場所です。

うに歌っていましたので、「おばー、もっと海がよく見えるところでそのまま歌ってみてよ」と、急遽スマホのカメラをかまえて撮影を開始することにしました。

私たちの撮影に台本などありません。こうして思いついたとき、気ままに日々の様子を撮るのです。

私の父は大田吉子の長男で、私の実家は祖母の家から車で2時間ほどの市街地にあります。

子どもの頃から週末になれば父に連れられ奥間へ行き、夏休みはまるまる1ヶ月間、祖母の家で過ごすこともありました。

おじーとおばーに連れられて山にどんぐりを拾いに行ったり、海で泳いだり、川でエビを獲ったり……。

街で育った私にとっては、こうやって奥間の自然に触れることがなにより珍しく面白く、優しいおじーとおばーに遊んでもらえるのがうれしくて仕方ありませんでした。

小さい頃、おばーによく言われたことがあります。

「食べ物を好き嫌いする人は、人も好き嫌いするようになってしまうよ」

私は幼い頃、食べ物の好き嫌いが多く、両親を困らせていました。そんな私を見ておばーは言ったのです。

「その食べ物を好きだとか嫌いだとか思うのは、お前の気持ち次第。なんでも好きだと思って食べてみなさいよ、きっと美味しいから。お前の気の持ち方ひとつで世界は変わるから。人間だってそうさね。嫌いだと思うから嫌いになる。好きだと思ってみれば、誰でも好きになるから。

好き嫌いしないで、なんでも好きでいる人生の方が、ずっと幸せだよ」


その言葉は、今でも私の人生のひとつの指針になっています。

大人になり、大好きな国頭村で仕事をしてみたいと思い、しばらくの間、奥間に部屋を借りて独り暮らしをしていたことがあります。

その頃は毎晩おじーとおばーの家を訪ね、夕食を一緒にし、たわいもない話をたくさんしました。


あるお盆のことです。

忙しくて沖縄に帰ってくることのできなかった従兄弟たちのために、おじーとおばーの会話の様子を動画に撮ってＴｉｋＴｏｋにアップし

いくつになっても「18歳よ」と言うおばー。かわいい笑顔にいつもいやされています。

てみました。

遠く離れておじーとおばーに会えない親戚たちに、笑ってもらえればいい。

そんな家族のためのアカウントとして、「南の島のおばーと孫」を始めたのです。

私があげたタピオカドリンクを美味しそうに飲

むおばー。
沖縄民謡を歌うおばー。
ときどき照れ屋のおじーも出てきておしゃべりをします。

家族のためのアカウントだったはずが、「おばー、かわいい」と、いつからかたくさんの人に見ていただけるようになりました。
もともと人のためになにかをすることが大好きなおばーは**「こうすれば、見てくれている人にもっと喜んでもらえるのでは？」と、たくさんの撮影アイデアをくれるようにもなりました。**

おばーはなんでも褒めて伸ばしてくれるので、私が編集した動画を見せると、「あんた編集上手だね」と言ってくれます。

おばーに褒められるとうれしくて、もっと頑張ろうと思えるから不思議です。

さらに、おばーと過ごすことで「なにをしたら相手は楽しめるかな、うれしいかな」と、おばーや家族や周りの人たちのことも、より深く考えられるようになりました。

人は褒められたり、愛されたりするともっと相手のことを大切にしたいと思うようになるということを、改めておばーが教えてくれました。

そんなおばーの愛を世界中に発信していきたい。今はそれが私の目標です。

子どもの頃は当たり前に感じていましたが、大人になった今、奥間に来てみると、ここでの暮らしは人と人との距離がとても近いのです。道を歩いているだけで食べ物をくれる人がいます。大声で挨拶をしてくれる子どもたちがいます。

観光客のような人を見かければ「どこに泊まっているの？」と声をかけ、会話を楽しむ村人がいます。

これらすべての体験は、大きな街に暮らしているとあまりできないかもしれません。

この村でこうして声をかけ合い助け合いながら、おじーとおばーは生きてきたのだな、と実感します。

「人はひとりでは生きられない」

そうおばーはよく言います。現在、日本医師会の「地域医療情報システム」によると、国頭村全体の人口の34・3％が65歳以上（2020年）です。

日本全体も高齢化していく中で、これからはもっと助け合いが大事になってくるのだと、私たち孫世代も意識していかなければなりません。

TikTokを始めた頃は独身だった私にも娘と息子ができて、おばーのひ孫もまた増えました。

父や私にしてくれたように、おばーは私の子どもたちとも楽しそうに遊んでくれます。彼らにもまた、おばーの愛情深い教えを伝えていきたいと思います。

最後までお付き合いいただき、ありがとうございました。

これからもおばーの様子をＴｉｋＴｏｋやＹｏｕＴｕｂｅにあげていきますので、ぜひ見守っていただけましたら幸いです。

沖縄にて

２０２４年５月

大田吉子

1934年3月18日沖縄生まれ。沖縄本島最北端の国頭村で暮らす。22歳のときに故・大田孝全さんとお見合いで結婚。幼稚園の先生、バスガイド、アメリカ軍のラジオ局で電話の交換手の仕事を経て自営業でアイスキャンディー店、鮮魚・精肉店を営む。その後、農業、畜産業、民泊、ホテルの朝食準備スタッフとさまざまな仕事をこなしてきた。子どもは5人、孫10人、ひ孫は14人。元気のヒケツは毎朝の「ラジオ体操」。口癖は「私でよければなんでもやるよ」。

90歳《さい》のおばーの
ゴキゲンなひとり暮《ぐ》らし

孤独《こどく》を吹《ふ》き飛《と》ばして幸《しあわ》せに生《い》きるヒケツ

2024年5月28日　初版発行

著　者　大田吉子《おおたよしこ》

発行者　山下直久

発　行　株式会社KADOKAWA

〒102-8177　東京都千代田区富士見2-13-3

電話　0570-002-301（ナビダイヤル）

印刷所　大日本印刷株式会社

製本所　大日本印刷株式会社

● お問い合わせ
https://www.kadokawa.co.jp/（「お問い合わせ」へお進みください）
※内容によっては、お答えできない場合があります。
※サポートは日本国内のみとさせていただきます。
※Japanese text only

定価はカバーに表示してあります。

ISBN 978-4-04-606732-6　C0095